じゃダメですか?

《プロローグ》

独り暮らしの気軽さから、パジャマ姿のまま大きなあくびを零《こぼ》しながら廊下に立ち、窓の外に目を向ける。

「おー……天気予報がバッチリ当たり。今日はいい天気だ」

昨夜の雨から一転して、見事な五月晴《さつきば》れだ。廊下と縁側を隔てる大きなガラス窓の外には、雲一つない晴天から眩《まばゆ》い朝日が差している。

開錠して引き戸をスライドさせると、空気中の塵《ちり》や埃《ほこり》が洗い流された雨上がりの朝独特の、清涼な空気が鼻先をくすぐった。

門扉の脇にあるポストまで新聞を取りに行こうと、縁側から庭先に降りてサンダルに足を入れる。

一ヵ月に一度、昔馴染《むかしなじ》みの業者が手入れをしている庭園はテニスコートほどの広さがあり、近所では『立派なお庭』と言われている。

ただ、かつての住人の趣味で整えられた庭は、庭園やら園芸にあまり興味のない氷高《ひだか》にとっては無用の長物に等しい。

住居部分は築三十年を超える平屋建てだが、外壁も住居内も何度か改装されており不便はない。

敷地面積の広さも含めて、若輩な自分には分不相応な住まいだろう。

自力で我がものにしたのではないあたりが少しばかり情けないけれど、担い手のいなくなる診療所を引き受けてくれないかという頼みとセットだったことで、棚《たな》から牡丹餅《ぼたもち》的に手にすることとなった。

「新芽が大分伸びてるなぁ。これからの季節は日差しを遮ってくれるのはいいが、……毒虫は勘弁してくれよ」

結構な維持費がかかる上に、毒のある毛虫が発生したり鳥が巣を作ろうとしたり……厄介なところもあるけれど、恩師が大切にしていたのを知っているので無下に扱うことはできない。

「ん、今年もツツジが咲き始めたか」

それに、実をつける草木や四季折々に咲く花が生活空間にあることは、こうして住んでみれば思ったより悪くなかった。

「そろそろポストカードにして、先生に送るかな」

幼少の頃からの顔見知りでもあった恩師は、街のお医者さんとして四十年余りこの土地で診療所を営み、地域住民に慕われていた。

三年前、喜寿を迎えて隠居するに当たり、氷高が診療所ごと住まいを引き継いだのだが……くれぐれも庭の手入れを怠るなよ、と釘《くぎ》を刺されたのだ。

言いつけを守っていることの証明と近況報告を兼ねて、四季折々の花が咲けばポストカードを作り、現在は地方の息子宅《むすこたく》に身を寄せている恩師に送付している。

「先生、おはようございます」

背を屈《かが》めてポストを開けたところで、門の外から声をかけられる。氷高は、ここで先生と呼ばれるのは自分だろうと、新聞を掴《つか》みながら顔を上げた。

「あ、おはようございます。……すみません、こんな格好で」

常連と呼ぶのはおかしいかもしれないけれど、隔週で診療所にやってくる馴染みの老婦人は、朝の散歩中なのか杖《つえ》を右手に持って立っている。

パジャマ姿を詫《わ》びると、老婦人は目を細めて首を横に振った。

「いいえぇ。氷高先生は、寝間着でも男前ですよ。湿布が切れそうなんで、あとでお邪魔しますねぇ」

「はい。お待ちしています」

うなずいた氷高に、老婦人はニコニコ笑いながら頭を下げて通りを歩いていった。

三年前、二十代だった氷高が診療所を継ぐことに、かかりつけとしている地域住民にはかなり不安そうな顔をされたけれど、今では数十年来の昔馴染みのように受け入れてもらっていると自負している。

一つだけ難があるとすれば、整形外科の看板を掲げている診療所にもかかわらず、「医者には違いない」と腹痛や虫歯の治療をついでにしてくれと言い出す患者やら、目の異変を訴える患者まで駆け込んでくることだ。

研修医時代にひと通りの科を経験しているので、応急対応として簡単な治療は氷高でもできる。けれど、専門医の診断を仰《あお》ぐべき症状は、少し離れたところにある総合病院へ紹介状を書くことにしている。

新聞を手に庭を引き返していると、道路際にある大きな樹が目に留まった。

タイミングよく吹いた風が枝葉を揺らし、呼ばれたようにふらりとそちらに足を向けて頭上を仰ぐ。

よく見れば、緑の葉の陰から白い花がチラチラと覗《のぞ》いていた。

「ああ……これも、もう咲き始めているんだな。ポストカードには、ツツジよりこっちがいいか。花水木《はなみずき》」

スマートフォンで撮影するかと、パジャマの胸ポケットに手を入れながらポツリとつぶやいた直後、「みゃあ」という、か細い声が耳に入った。

「ん?」

触れていたスマートフォンから指を離して、きょろきょろと視線を巡らせる。そうして周囲を見回しても、声の主らしきものは見当たらない。

気のせいかと再びポケットに手を入れた瞬間、花水木の陰から小さな獣がよろよろと出てきた。

「……猫、だな」

薄茶色で、ほんの少し虎柄が入った子猫だ。警戒心が弱いのか、氷高に向かって一直線に歩み寄ってくる。

猫は嫌いではないが、手を出すほど好きでもない氷高は、その場に立ったまま子猫を見下ろした。

「さっき、俺の独り言に返事をしたのはオマエか。俺は、おまえに呼びかけたんじゃない。花水木っていうのは、この樹の名前だ」

「にゃぁ」

「…………」

またしても、返事をしているかのようなタイミングで鳴かれてしまった。

その上、サンダル履きの氷高の足元に身体《からだ》をすり寄せてくる。さわさわと指に触れる毛がくすぐったい。

こんなふうにされてしまうと、寄るなと足を振り上げて払い退《の》けることはできなかった。

小さく息をついた氷高は、屈み込んで指先で子猫の頭をつつく。

「おい、俺に懐くな。猫なんか飼ったことないから、面倒見られねーぞ」

「……にぁぁ」

氷高の言葉などわかっていないはずだけれど、子猫はこちらを見上げてか細い声を漏らす。真っ黒な瞳が懸命に自分を見ていて……負けた。

「仕方ないな。引き取り手が見つかるまでだ。二丁目の進藤《しんどう》さんが、つい最近年寄りの猫を亡くしたって言ってたな。聞いてみるか」

子猫の腹のところに右手を差し入れて、掬《すく》い上げる。思ったよりずっと軽くて、慌てて両手で包み込んだ。

「おまえ、ガリガリだな。ちっちぇ。腹が減ってるんじゃないか？ ミルク……ああ、犬猫は牛乳がダメか。乳糖不耐性の人間向けの牛乳があったはずだから、スーパーが開く時間になったら買ってきてやる。ちょっとだけ待て」

動物を触り慣れていない氷高の手つきは危なっかしいものだと思うのだが、子猫は暴れるでもなくジッとしている。手のひらから伝わる小動物独特の速い鼓動と体温が、不思議な感じだった。

「花水木……は、あとでいいか」

恩師に送る写真は、急がなくていいだろう。まだまだ咲き始めなので、見頃はもう少し先だ。

チラリと大樹を振り向いてつぶやくと、手の中から子猫が「うにゃ！」と短く鳴き声を上げる。

「オマエもしかして、花水木が自分の名前だと思ってるのか？　……考える手間が省けた。長ったるいから、略してミズキでいいか。俺はな、悠一《ゆういち》だ。ゆーいち」

「にゃぁぁ」

……まさか、返事か？

足を止めた氷高は、マジマジと手の中の子猫を見下ろす。

自分の言葉を、どこまで理解しているのだろう。偶然だと思うけれど、いちいちタイミングがいい。

こちらを見上げる黒々とした瞳は、「なにか？」と問いかけてきているみたいだ。

「あー……そんなわけないか。とりあえず、新聞を読むか」

右手に子猫、左手に新聞を持ったまま縁側に上がった。

度胸が据わっているのか、子猫は胡坐《あぐら》を組んで座った氷高の脚の上に乗り上がって、無防備に丸くなる。

「おいコラ、ちょっとは警戒しろ。こんなに人懐っこいってことは、どこかで飼われていた迷い猫かもしれないなぁ。首輪やらはないが……里親探しより前に、近所の猫好きばあさんに迷子《まいご》の心当たりがないか聞いてみるか」

ちょいと耳を指先でつつくと、眠ろうとしたところを邪魔してしまったのか、ピクピクと三角形の小さな耳を震わせて抗議らしき行動に出る。ついでに尻尾《しっぽ》を揺らし、氷高の手を払う仕草をした。

「触るなってか」

ククク……と肩を揺らした氷高は、これまで経験したことのないささやかな重みとぬくもりを膝《ひざ》に感じながら、新聞を広げた。

平穏な日常へ割り込んできた珍客は厄介だと思うのに、この小さな乱入者を疎ましく感じない自分が、なによりも不思議だった。

□　□　□

「兄ちゃん、コレ……なに？」

居間として使っている部屋の襖《ふすま》を開く音に続き、訝《いぶか》しげな声が聞こえてきた。

キッチンに寄って二人分の缶コーヒーを取ってきた氷高は、「邪魔。戸口で立ち止まるんじゃねぇよ」と制服姿の弟の背中を肘《ひじ》で小突《こづ》く。

半分だけ血の繋《つな》がった弟の浩二《こうじ》は、確か高校二年に上がったところか。少し逢《あ》わないあいだに、ずいぶんと背が伸びた。

「猫だろ。それともおまえには、犬や虎やライオンに見えるか？」

「……そうじゃないだろ」

ペット用のラウンド型ベッドで眠っているミズキの前に屈み込んだ浩二は、氷高の言葉にガックリと肩を落とす。

恐る恐るといった様子でミズキの頭をつつきながら、

「マジボケなのか俺をからかってんのか、どっちだよ」

そんなふうに、ブツブツ零している。

まだ寝惚《ねぼ》けているらしいミズキは、「にゃあ」と抗議の声を上げて頭や鼻先をつついてくる浩二の指から逃れた。

氷高は、軽やかな動きで足元に駆け寄ってきたミズキを見下ろして、浩二に缶コーヒーを手渡す。

「チビをいじめるなよ」

「いじめてねーよ。猫、飼うほど好きだっけ？」

「いいや。うちの庭に迷い込んできたから、仕方なく面倒を見てる。里親が見つかるまでの一時保護だ」

淡々とした氷高の言葉に、浩二は「ふーん？」とミズキを見下ろした。ジッと見る浩二に、またつつかれるのではないかと危機が湧いたのか、ミズキは氷高の脚の陰に隠れる。

「ブランド好きのお袋は、不細工な猫ねぇって眉《まゆ》を顰《ひそ》めそうだな。それより、猫の面倒なんか見ていないで早くお嫁《よめ》さんをもらいなさい……って嫌味を言うか」

「リアルに想像がつくから、やめろ」

母親は三十を超えた息子が独り身なことを憂いているらしく、顔を合わせるたびにその話題が出るのだ。

当の氷高にしてみれば、余計なお世話だ。

悠々とした独り暮らしの生活に不自由はないし、家庭を持つという責任感を持ち合わせていない。

……と母親に言えば、「そんなの、結婚してから徐々に生まれるものよ」としたり顔で説教されることは、学習済みだ。

「俺も不思議なんだけど。なんで、嫁さんもらわないんだよ。悠一兄ちゃん、モテないってわけじゃないだろ。百八十を超える身長で、ちょっと無愛想だけど顔もいいし……毛もふさふさで、メタボ腹でもない。三十二で開業医。しかも、庭付きの戸建てに独り暮らし。悪いのはガラと口くらいか。弟の俺から見ても、絶好の物件だと思うけど」

ジロジロと全身を検分しながらの評価は、褒《ほ》め言葉に該当するだろう。ただ、それが弟の口から出たことから、『裏』を感じて警戒してしまう。

「ふん、おまえに褒められても嬉《うれ》しくねーな。それに、ガラと口が悪いは余計だ。……嫁さんねぇ。俺のやることに一つも文句を言わず、気が利く癒《いや》し系。乳はＤカップ。更に料理上手《じょうず》で、床上手《とこじょうず》なカワイ子ちゃんなら考えてもいいか」

「……そんな都合のいい女、二次元にしかいないだろっ。もしくは、妖怪《ようかい》。昔話にあったような。非の打ちどころのない女房で、しかも飯を食わない。それが、旦那《だんな》が留守の間に髪を解《ほど》いて、頭にあるデカい口で握り飯をバクバク食う……ってやつ。俺のトラウマ」

ジロリと氷高を睨《にら》みつけた浩二は、氷高の語るような女など普通の人間にはいないだろうと、顔を顰《しか》めた。

そういえば、そんな妖怪の話が昔話にあったような気がする。

「ああ……ビビったおまえが夜中に便所に行けなくて、寝小便したやつか。自分を棚上げにして相手に都合のいいことばかり求めすぎるな、って教訓を含んだ昔話だな」

小学生にもなって布団《ふとん》に巨大な小便地図を描いたアレは、身内のみが知る、浩二にとっては黒歴史というやつだ。

思い出し笑いをする氷高に、トラウマと語った浩二は頬《ほお》を染めて噛《か》みついてくる。

「ガキの頃の恥を持ち出して笑うなっ。マジで怖かったんだよ！　それっくらい、兄ちゃんの理想が非現実的ってことだ」

「おまえさぁ、俺の周りに女の影がないか探ってこいって言われたんだろ」

「……ぐ」

絶句した浩二の負けだ。語るまでもなく落ちている。

両親や異父兄ならともかく、浩二が嫁云々《うんぬん》と言い出すなんてどんな風の吹き回しだと思っていたら、やはり黒幕がいたか。

「残念ながら、御覧の通り空振りだ。ご近所の目があるんだから、軽々しく自宅に連れ込むようなヘマはしねーよ。見合いの斡旋《あっせん》も不要だと、お節介ババア……もとい、お袋に伝えておけ」

「見合いは、アッチがちょっと懲《こ》りたみたいだ。晋一《しんいち》兄ちゃんから聞いたけど、この前の見合い相手のおジョー様に『素っ裸に白衣を着て、お医者さんゴッコにつき合ってくれますか。そのプレイじゃないと勃《た》たねぇから』って、暴言吐いて泣かせたって？」

浩二の言葉で、とんでもなく面倒だった一連の事態を思い出し、思わず頬を歪《ゆが》ませた。

コトの顚末《てんまつ》は、かなり正確に伝わっているらしい。

「断っても、朝に夜に一日何回も電話してきたり……仮病を使って診療所にまで押しかけてきて、しつこかったんだよ。あの女、ストーカー一歩手前だぞ。あれくらいで泣きべそ掻《か》いて引き下がるあたりは、所詮お嬢様だけどな。心配しなくても、特殊な趣味はねぇ」

「いや、別に俺は、兄ちゃんにどんな性癖があってもいいけどさ。……お袋には、相変わらず悠一兄ちゃんは女の影も気配もない……仙人みたいに世俗を切り捨てた生活をしてる、って言っておく。あ、なんかハウスキーパーがどうとか言ってたけど」

「お断りだ。飯にも困ってねーし、洗濯は全自動洗濯機がやる。掃除機なんかかけなくても死ぬこたねぇし、庭には業者の手が入る。てめぇの面倒くらい自分で見られる」

他人に生活空間に入ってこられるのは、ハッキリ言って迷惑だ……と、顔に出ていたに違いない。

浩二は、ニヤリと笑ってうなずく。

「だよなぁ。まぁ、あのゴーイングマイウェイなお袋が素直に聞き入れるかどうかはわかんないけど、一応それも伝えておく」

そう言って缶コーヒーを一気に飲み干した浩二は、「そいつのことは黙っておくから」と、ミズキを指差して居間を出た。

「車、出してやろうか」

「いい。渋滞の激しくなる時間だろ。電車だと三十分くらいで帰れるし」

浩二がその申し出を断ったのは、きっと兄が母親たち実家の面々と顔を合わせることを厭《いと》うと、知っているせいだ。嫌っているわけではないが、あの人たちはなにかと煩わしい。

玄関先で浩二の背中を見送った氷高は、扉の戸締りをして居間に取って返しながら特大のため息をつく。

「ったく、ガキの成長は早いなぁ。弟のクセに、一丁前に気を使いやがって。……おっと、悪い。おまえを踏むところだった」

こうしてミズキと同居するようになって一週間は経つが、甘えたがりな子猫が足元に纏《まと》わりついてくるせいで、何度かうっかり踏んでしまいそうになった。

踏み潰す危険を避けるため、屈み込んでひょいと片手で抱き上げて、顔の前で視線を絡ませる。

艶々《つやつや》の黒い瞳が、ジッとこちらを見ていた。

猫とこんなふうに接するのは初めてだが、こんなふうに人間と目を合わせるものだろうか。たまに道で遭遇する野良猫《のらねこ》は、そそくさと顔を背けて逃げ出すのだが。

「おまえ、飼い猫かと思ってたけど、ご主人さん見つからねーなぁ。……行き場がなければ、いっそここにいるか？　嫁さんの条件からは、一つ残らず外れてるけどな。なにより、オスだし」

クックッと笑う氷高の言葉は理解していないはずだけれど、ミズキは「にゃあ」と鳴いて前脚をバタつかせる。

「なんだ。持つな……抱けって？」

手のひらで掬うようにして持っていたミズキを肩口にしがみつかせて、ポンポンと軽く背中を叩《たた》く。

どうやら正解だったらしく、しばらくもぞもぞしていたミズキは動きを止めて完全に身体を預けてきた。

こんなふうに左肩に感じるぬくもりと重みは、たった一週間ですっかり馴染んだものになってしまった。

「猫は……別に、好きでも嫌いでもないんだけどな」

つぶやくと、ミズキがゴソゴソと動いた。氷高の肩口を掴むように爪《つめ》を立てて、しがみつき直してくる。

「なんだよ。別に、おまえを嫌いだとは言ってないだろうが」

抗議の意図を察した氷高は、そっとミズキの背中を手のひらで包んだ。

人間はもちろん、動物が相手でも、これほど一途《いちず》に求められたことはない。

そもそも、依存するのもされるのも嫌いだ。

これまでつき合いのあった女性たちは、どの相手も自分と同じくクールで独立心の強いタイプだった。

それなのに、こうしてミズキに全身全霊で信頼と甘えを向けられると、奇妙としか言いようのないことに、息が詰まるような甘ったるい感情が胸の奥から滲《にじ》み出てくるみたいで……

氷高自身も戸惑う。

「ったく……妙な気分にさせやがって。おまえが人間だったら、魔性のタラシだな。猫でほんとによかったよ」

猫に向かってなにを言ってるのだと、自分の独り言がおかしくて苦笑を滲ませる。

シャツの薄い布越しに食い込む細い爪は、痛いほど強くはなく……ただひたすら、くすぐったかった。

《一》

ここ……どこ？

キョロキョロと周りを見回したミズキは、視界いっぱいに映った大きなタイヤと轟音《ごうおん》に、ビクッと身を竦ませる。

確か、『ゆーいち』が「お仕事だ」と言い残して家を出たあと、庭の樹に登って遊んでいたのだ。

いつもより高いところまで登れて、嬉しくて……でも、少しだけ疲れてうとうと眠ってしまった。

慌てて降りようとした時に、足を滑らせて空中に投げ出されたところまでは憶《おぼ》えている。

今日は朝から、「業者さん」という人たちが庭の木を切ったりしていた。庭の隅に停めたトラックに枝や葉っぱを積み上げていて、たまたまその上に落ちたことでダメージが抑えられたのだろう。

あの人たちは、木の葉や枝に埋もれるようにして荷台にいるミズキの姿に、気づかなかったに違いない。庭での作業を終え、あの家を出て道路を走り……どれくらい離れてしまったのかも、わからない。

トラックが停まった隙《すき》に慌てて荷台から降りたけれど、たくさんの車が行き交う道路の端で途方に暮れてしまった。

「ねぇ、あんなところに猫……」

「ん？　ホントだ。危ねーなぁ。車に轢《ひ》かれるぞ」

「どうしよう」

「……ちょっと待ってろ」

自分を指差して話していた男女のうち、男の人のほうがミズキに向かって一直線に歩いてくる。

なに？　誰？

屈んで手を伸ばしてきたかと思えば、無造作に身体を鷲掴《わしづか》みにされ、驚いたミズキはビクッと身を竦ませた。

「震えるなって。別に悪いことするってんじゃないんだから」

全身を強張らせているミズキの頭上から、苦笑を含んだ声が落ちてくる。

でも……怖い。怖いっ。

この手は、そっと抱き上げてくれる大好きな『ゆーいち』のものではない。お腹《なか》のところ、ギュッと握られたら、痛いし……苦しい！

「みぎゃっっ」

「うわっ。なに……っ」

突然ジタバタと暴れ出したミズキに驚いたのか、摑んでいた手がパッと放された。道路に落ちたミズキは、慌てて看板の陰に逃げ込む。

「引っ搔かれた？　大丈夫？」

「いや、大丈夫だけど。チッ、恩知らずな猫め」

ガコン！　と。

ミズキが隠れている看板を蹴《け》ったらしい音に、ビクッと身体を強張らせる。女の人の、「やめなよぉ」という声が聞こえ……静かになった。

そのまま、どれくらい息を潜めていただろう。

そろりと顔を覗かせてさっきの人たちがいないことを確認したミズキは、物陰に身を隠しながら走り出す。

家に帰りたい。『ゆーいち』のところに、戻りたい！

その一心で、見知らぬ街を走り続ける。ここがどこで、どちらに行けば家に帰れるのか……確かなものはなにもなかったけれど、ここでジッとしていても『ゆーいち』に逢えないことだけは間違いない。

時折足を止めると、顔を上げて風の匂《にお》いを嗅《か》ぐ。頼れるものは、直感だけだ。

……こっち。『ゆーいち』の気配が、濃くなってきたと思う。

角を曲がり、走る。疲れて立ち止まり、人間に触れられそうになっては逃れて、再び走り出す。

何度か夜が来て、物陰で丸くなって眠り……道に落ちている人間の食べ物を口にして、水《みず》溜《た》まりの水を飲む。

時々、通りかかった大人《おとな》の猫に道を尋ねようとしたけれど、そのたびに『近づくな!』と背中の毛を逆立てて威嚇《いかく》され、また走った。

誰も助けてくれない。どの道を選べば『ゆーいち』のところに戻れるのか、教えてくれない。

それでもミズキは、走り続ける。

ただひたすら、『ゆーいち』に逢いたい……。

『……疲れた。おなか……すいた』

視界が夕暮れに染まり、ミズキは今夜の寝床を探して短い石の階段を上る。ぐう……と、腹の虫が小さく鳴いた。

うまく食べ物を見つけられなかったので、昨日からなにも食べていない。せめて、水を飲みたいな……と周囲を見回す。

きっと、『ゆーいち』の家のすぐ近くまで来ている。風に乗って、時々懐かしい気配が鼻先をくすぐるのだ。

本当は、一分でも早く『ゆーいち』のいる家を探し出して逢いたい……けど、今は少しだけ休もう。

喉《のど》が渇いたし、足の裏が少し痛い。水を飲みたい。足を水に浸けたい。

『あ……あのあたり』

石の階段を登りきったミズキの目に、小さな木の建物が映る。あの下なら、安全に身を隠して眠れそうだ。

その場所を目指して、よろよろと歩を進める。あそこに行けば、きっと水もある。

石の門のようなところをくぐった……直後、予期しない突風がミズキの全身に襲いかかってきた。

「にゃっっ！」

身体の小さなミズキは、激しい風に煽《あお》られるままゴロゴロと転がってしまう。ギュッと目を閉じて、地面を何回転かして……ようやく瞼《まぶた》を開いた。

さっきまで、夕焼けがオレンジ色に空を染めていたのに……どうして真っ暗？

ミズキの視界は暗くて、あっという間に日が落ちてしまったのかと不思議になる。

首を傾《かし》げながら、頭上を見上げたミズキの目に飛び込んできたのは……巨大な牙《きば》と真っ赤な舌だった。

「ミギャー！」

目を瞠《みは》り、自分でも驚くような悲鳴が喉から飛び出す。ビリビリと痺《しび》れるような緊張が全身を包み、全身の体毛が逆立っているのがわかった。

なにっ？　巨大な獣が圧《の》し掛かってきている？　しかも、大口を開けて……今にも噛みつかれそうになって……？

「ミギャウ、にぁぁぁ！」

「ガウッ」

うるさいと言わんばかりに低い一言が頭上から降ってきて、太い前脚に背中を押さえつけられる。

グッと胸元を圧迫されて息が詰まり、声を出すことができなくなった。

怖い。痛い。動けない！

身を竦ませて震えることしかできないミズキは、我が身になにが起きようとしているのか理解できないまま、あの鋭い牙に食いつかれる衝撃を覚悟した。

……なのに、数十秒経っても無事なようだ。

「みゃぁ……？」

恐る恐る瞼を押し開けて、地面に生えている小さな草を目に映す。その視線の少し先に、人間の爪先《つまさき》……が？

「こらこら、炎《エン》。チビッ子をいじめるんじゃないよ。雷《ライ》も、黙って見ていないで炎の暴走を止めんか」

「……申し訳ございません」

「神様っ！　なんで止めるんですかっ。雷も、謝るより先に理由をお伝えしろっ。神域への侵入者を排除するのが、オレらの役目。なによりコヤツは、ただの猫ではありません。妖《あやか》しですぞっ！」

ミズキの頭のすぐ近くで、大きな声がなにか言っている。全身を強張らせて震えていたミズキは、不意に身体が軽くなるのを感じて息をついた。

「うん、妖しとな？」

ミズキの頭越しに交わされていた会話が途切れたかと思えば、ふわっと身体が浮き上がった。

「お手を触れては、穢《けが》れがっっ！」

「おまえは黙ってろ。ふむ……よく見せるのだ」

「にゃっ？」

不思議なことに、その人間の手は……ミズキに触れていないのに、ふわふわと空中に浮かんでいる？

長い髪は金色。ミズキを見ている瞳も淡い色。

全身を包む真っ白な服には一点の染みもなく、全身がキラキラと光っている人間は、マジマジとミズキを検分して大きくうなずいた。

「……なるほど。おまえは猫又だね。少しだけ手助けをしてやろう。そのままでは、会話が不自由だ」

「みゃっ……あ、あれ……？」

喉がカッと熱くなった途端、ミズキの口からは彼らと同じ言葉が零れた。猫語ではなく、人間がしゃべるのと同じ言語だ。

「うちの子が、怖い思いをさせて悪かったね。ただ、番犬が彼らの仕事だから、不意に私の庭に入ってきたものには手厳しい。ただの猫なら見逃すが……おまえは、普通の猫ではないからねぇ」

「普通の猫……じゃない？」

なにを言われているのか、よくわからない。

ただ、自分が入ってはいけないところに無断で入ってしまったらしいと、それだけは理解できた。

「あ……あの、ごめんなさい。僕、ここに入っちゃいけないって知らなくて。ほんの少し、休ませてもらおうと思っただけなんです」

ひとまず、目の前にいるキラキラとした人に頭を下げる。

不安定な空中で身体を捻《ひね》り、さっきは巨大な影のように見えていた……全身を真っ黒な毛に覆われた、どうやら犬らしき二匹の大きな獣にペコリと頭を下げて、こちらにも「ごめんなさい」と謝罪した。

「ふふふ、素直なイイ子だね。しかし……もしかしておまえ、自分が妖しだと気がついていないのか?」

「……?」

普通の猫じゃないとか、妖しだとか……初めて聞かされたことばかりで、戸惑う。言葉にはできなかったけれど、ミズキは全身で困惑を示していたのだろう。目の前の人は仕方なさそうにため息をついて、下に向かって軽く手を振った。

「ひゃっ」

ふわふわ浮いていたミズキは、途端に重さを思い出したかのように下降して、ストンと地面に座り込む。

そろりと背後を振り向いたけれど、ミズキの数十倍はありそうな黒い獣たちは前脚を揃《そろ》えて座っている。

襲いかかってくる気配はなさそうで、ふ……と息を突きかけた瞬間。

「見てんじゃねーよ!」

「ごめんなさいっ」

右側の獣に唸《うな》りながらジロリと睨まれ、慌てて目の前の人に向き直った。

改めて目の前の人を目にすると……足が、地面から少し浮いている。全身がキラキラしていることといい、この人こそ『普通の人間』ではないに違いない。

そう言えば先ほど、炎と呼ばれていた黒い獣が……。

「あの、か……神様？」

そう、呼びかけていたような気がする。

物知らずなミズキでも、『神様』が偉い人だということは知っているし、こんなふうに間近で接すると特別な存在だということが身に染みてわかる。

纏う空気が、澄みきっているのだ。金色の髪の色のせいだけではなく、キラキラと光っているみたいで眩《まぶ》しい。

「おお、大当たりだ！　私はこの織原《おりはら》神社の主である。そこの双子《ふたご》は、私の狛犬《こまいぬ》……番犬の、炎と雷」

「……か、軽い」

「うん、炎？　なにか言ったか？」

「いいえぇ。我が主は、人にも獣たちにも慈悲深く、実にご立派な御方です」

前と後ろ。キョロキョロと頭を動かしたミズキは、もう一度「神様」と口の中でつぶやいた。

「猫又、名はあるのか？」

「あ、ミズキです。あの、僕……本当に猫又っていうモノなんですか？　妖しって、悪いモノ？　も、もしかして人間の近くにいたらいけないとか……」

神様の番犬が、噛みつこうとしたのだ。猫又だとか知らなかったけれど、もしかして、ものすごく悪いモノなのでは。

そんな不安が込み上げてきて、心臓がドキドキする。

悪いモノなら、『ゆーいち』のところに戻れない。

もし自分が彼のためにならない存在なら、逢いたいけど……逢えない。ここで、炎か雷の牙にかからなければならない？

「ゆーいち……」

大好きな『ゆーいち』の顔を思い浮かべると、弱々しい声で小さく名を呼びながらうな垂れる。

「おお……よしよし。成敗したりしないから、泣きそうな顔をするな。大丈夫だ。おまえは存在だけで人に災いを為《な》すものではないよ」

神様はポンポンとミズキの頭を軽く叩きながらそう言い、耳の後ろを指先でくすぐってくる。

その手は優しくて、ミズキは心地よさに目を細めた。

今すぐ番犬たちにどうにかされる……なにより、自分のせいで『ゆーいち』に悪いことが起きるわけではなさそうだと、少し安堵《あんど》した。

「……ちっちゃくて可愛《かわい》いモノに、甘いよなぁ」

背後から、小声でボソッとつぶやくのが聞こえてきた。神様の耳にも届いたはずなのに、聞こえなかったかのように言葉を続ける。

「猫又は、そう悪さをするものではないからな。自身に危害を受ければ、復讐《ふくしゅう》はするだろうが。親や兄弟はどうした？」

親や兄弟？　そんなこと、初めて尋ねられた。

ミズキは戸惑いながら、聞かれたことに答える。

「知りません。気がついたら、独りぼっちで……他の猫からは嫌われているので、話すこともできないし……。だから、猫又というものだと知りませんでした」

「そうか。おまえのご先祖のどこかに、猫又の血があって……おまえだけに隔世遺伝したんだろう。普通の猫は、猫又を怖がるだろうな。自分たちでは敵《かな》わないからねぇ。人に負けない知性もあり、巧みに立ち回れば猫界の覇者になれるぞ」

ご先祖のどこかに猫又の血があった。カクセイイデンとは……なんだろう？

ネコカイノハシャ？　それは美味《おい》しそうな響きではないから、あまり興味はない。

神様が語るのはミズキが初めて知ることばかりで、一つずつ頭の中で整理しなければ理解できない。

「僕、話したくもないくらい不細工だから、大人たちに嫌われているのだとばかり……思ってたけど」

猫たちは、もっと子供の頃からミズキが近づけばそそくさと背を向けていた。無視されるだけならまだましで、背中を丸めて「フー！」と威嚇されたり爪を出した手で叩かれたりしたこともある。

「なにを言う。そんな愛らしい姿をして。ああ……だが、子猫の様相でいながら実際の年齢はずっと上だね。猫又の寿命は、ただの猫より遥《はる》かに長く人間と変わらない。おまえは、その姿で何年生きている？　十年……二十年くらいか？」

「え……？」

何年？　……わからない。

物心ついてからの記憶は途切れ途切れで、確かなのは『ゆーいち』に拾われてから一緒に過ごした日々と、街をさ迷ったこの数日間だけだ。

戸惑うばかりのミズキを、神様は真っ直《まっす》ぐな眼差《まなざ》しでジッと見詰めていた。心の奥まで覗かれているみたいで、少しだけ居心地が悪い。

「うーん？　ああ……大人の猫に追い払われたりして心が傷つくたびに、身を隠そうと冬眠状態で引き籠っていたのか。妖しには珍しく、繊細な子だねぇ。人間の世界について、教えられなくとも当然のように知っていることがたくさんあるだろう。自分でも不思議に思わなかったか？」

「そう……言われれば。……はい」

確かに、誰かに教えられたわけでもないのに、信号が赤の時は危ないから道路を渡れないとか、他にも人間のルールを……知っていた。だから、さほど危ない目に遭うことなく見知らぬ街からここまで戻ってこられたのだ。

「猫又の自覚があれば、巧みに立ち回れただろうし……普通の猫であれば、仲間や人間に愛されて幸せに過ごせただろうに。ずいぶんと辛《つら》い思いをしてきたようだな」

慈悲深く、憐《あわ》れみの目で見ながらそう言われて、ゆっくりと首を左右に振った。

「可愛がってくれる人が、いましたから……辛くはないです」

当然のように抱き上げてくれた『ゆーいち』は、ミズキが「妖し」だと気づかなかったのだろう。

優しい手で撫《な》でてくれたし、ふかふかのベッドで眠らせてくれて……あたたかいミルク、美味しかった。

ゆーいちに、逢いたい……。

「ミズキ。炎が怖がらせた詫びをしよう。一つだけ願いを叶《かな》えてやる」

「神様っ、過ぎたなさりようです。そんなことはコイツの身に余りますっ」

「うるさいぞ、炎」

「……しかしっ」

「炎。神様は、この猫又で退屈を紛らわせようとしているんだ。口出しは野暮というものだ」

「……雷。おまえは時々、冷静かつ的確すぎて可愛げがないな」

「おれが冷静なのは、直情的な炎にブレーキをかけるためです。二人して暴走したら、大変なことになるでしょう」

神様と、炎と……雷。

テンポよく交わされる三人の会話から追い出される形になっていたミズキは、突如神様から厳かな響きで「ミズキ」と名前を呼ばれて、居住まいを正した。

「は、はいっ」

「申してみろ。望むことは？」

「望み……」

急に聞かれても、なにも思いつかない。でも、神様に尋ねられて黙ったままなのは失礼だろうか。

でも本当に、欲しいものはないし……『ゆーいち』にはもう少しで逢えそうだから、神様にお願いするまでもない。

困ったミズキは、足元に視線を落として答えを探し……見つけた！

「ゆーいちの、僕を抱き上げて可愛がってくれた人の、お役に立ちたいです！　でも、猫じゃダメだろうから……あの、人と同じ姿で」

思いつきを勢いよく話し始めたミズキだったが、語尾に行くにつれて声が小さくなってしまった。

なにより、神様は一つだけと言ったのに……「ゆーいちの役に立つ」と「人の姿」と、一つではなくなってしまったから無理だろうか。欲張りすぎだと、眉を顰められるかもしれない。

「図々《ずうずう》しいヤツだなっ。強欲な！」

背後から投げつけられた炎の言葉に、やっぱりそうかな……と、うな垂れる。発言を撤回しようとしたミズキが顔を上げた瞬間、神様が口を開いた。

「よかろう」

あまりにもあっさり承諾され、「え？」と目をしばたたかせた。自分に都合よく、聞き誤ったのではないだろうか。

「キョトンとして、どうした。おまえの願いを叶えてやるぞ」

「でも、願いは一つって……僕、欲張りすぎじゃないですか？」

戸惑うミズキは、神様が願いを受け入れてくれたと喜ぶことができない。神様を疑うわけではないけれど、「本当にいいの？」と視線を泳がせる。

「人間の役に立つというのは、おまえ自身の願いというにはささやかすぎる。人の形は……もともとおまえは、人に化けることができる猫又の血を持っているんだ。ほんの少しおまえが秘めている力を解放させるだけで、さほど難しいことではない。合わせて、一つということにしてやろう」

神様が言葉を終えると、呆気《あっけ》にとられたような声がミズキの背後から聞こえてくる。

「……激甘だろ」

「まぁ……甘いですねぇ」

二人分のよく似た声は、炎と雷のものだ。その二つが、「どう考えても甘やかしすぎだ」と見事なハーモニーを奏でた。

「コホンッ。では早速。覚悟はよいか、ミズキ」

「は、はいっ。お願いします！」

「目は閉じていろ。眩しいからな」

あまりの急展開に、本当は覚悟を決める間もなかったけれど……反射的にうなずいて瞼を伏せた。

神様がミズキの頭に手を置き、なにか呪文《じゅもん》のようなものを唱える。

ギュッと目を閉じているのに、一瞬だけ周りが昼間のように明るくなるのがわかり……手足をついている地面から伝わってくる土の感触が変わった？

「目を開けるがいい」

「あ……」

ミズキの目に映るのは、人間の手……だ。そろりと指を握ったり開いたりしてみたら、そのとおりに動く。

脚も、これまでの薄茶色の毛に覆われたものではない。自分で顔は見られないけれど、人のものに変わっているのだろうか。

「おお……非常に愛らしい、『あいどる』のようだな。人の年齢だと、十七か……十八といったところだろう。む、衣《ころも》が必要か。ひとまず、これで……いや、先日女子が置いて行った書物にあった、こちらのほうがミズキには似合うな。ふふふ、我ながらよき『ふぁっしょんせんす』だ」

神様が手をひらひら動かすと、ミズキの身体が衣服で覆われる。靴まで履いていて、不思議な感じだ。

それまで成り行きを黙って見ていた炎か雷が、ボソッとつぶやいた。

「……無理して外来語を使わなくても」

「黙れ、炎。新しいものは、臆《おく》せずなんでも取り入れるのが信条だ。ああ、ミズキに言っておかねばならん。うっかり理性を失うようなことがあれば、術が解けて猫の証《あかし》が漏れ出るかもしれんから、気をつけるように。それと、私の力だけで人の形を保っていられるのは一月ほどだ」

「一月したら、これまでと同じ姿に戻るということですか？」

「そのはずだ。ただ、清く深き愛情で真実のおまえを受け入れる人間が現れたならば、真に人の姿を得られるだろう。もとより、猫又だからな。人との関係は深い。人の愛情と、本来おまえが持っている力が調和して、望みが同じであれば……」

清く、深き愛情……とはミズキにはよくわからなかったけれど、こうして人間の姿でいられるのが一月ほどだということだけは理解できた。

それが、長いのか短いのか判断がつかない。

でも、一刻も早く『ゆーいち』に逢いに行きたいという想いだけは、猫の姿の時と変わらない。

「あとは、なにが必要かね。うん？　……空腹か。人が供《そな》えていった饅頭《まんじゅう》があるから、食せばよい」

「あ……なにもかも、ありがとうございます」

話の途中で、ぐぅぅ……と派手に腹の虫が鳴いてしまった。

恥ずかしさに頬を染めたミズキに、神様は笑いかけ、白くてキレイな『饅頭』というものをポンと目の前に置いた。

「ただし、おまえは妖怪だからねぇ。人の食べ物だけでは『えねるぎー』が足りなかろう。

うむ……そのあたりは、炎と雷に分けてもらうがいい。コヤツらは、おまえより遙かに長《た》けた存在だ。『気』も有り余っておる」

神様の言葉に、炎か雷……どちらかが、

「ええー？　このチビ猫に『気』を？」

と、あからさまに不満そうな声を上げたけれど、神様は聞こえなかったかのようにそ知らぬ顔をしている。

ふぁ……と大きなあくびを零して、キラキラした髪を掻き上げた。

「久々に人の形を取ったから、少し疲れたな。休むとするか。私はしばし寝所に籠るが……あとは、炎と雷に聞け。弟分だと思って、きちんと面倒を見てやるのだよ。時々、人に化けて人間の女子やらと遊んでいることは知っておるぞ。夜遊びと、狛犬としての役目の放棄を目こぼししてやっているんだから、文句は言わせん」

「ぐ……」

「神様。お言葉ですが、遊んでいるのは炎だけです。おれはただ、人間の世界の勉強をしているのみで」

「雷っ。おまえだって、超絶美人に逆ナンされて満更でもない顔してただろ。澄ました面《つら》で、ムッツリスケベめ」

「人聞きが悪いな。それも学習の一環だ」

仲よさそうに言い合う双子の狛犬を前に、神様は大きなため息をついて……「やめい」と一喝《いっかつ》した。

「乱行については、聞かなかったことにしよう。いいか、余計なことは教えずにミズキを『さぽーと』するのだぞ」

「はぁい」

「承知しました」

炎と雷がうなずいたのを確認して、神様がミズキの頭に手を置いた。ポンポンと軽く叩き、微笑を浮かべる。

「最後に、健気《けなげ》な子猫に我が系統に伝わる祝詞《のりと》を授《さず》けよう。直《じか》に伝えるから、目を閉じるのだ」

「はい」

言われるまま目を閉じると、頭の中に直接神様の言葉が響く。意味は知らないけれど、きっとすごい言葉だということはわかった。

「ああ、注意を忘れるところだった。人を惑わせることのできる便利な祝詞だが、使えるのは三度のみだ。それを憶えておくのだよ」

「……はい。三回、だけ」

神様の手を置かれているところから、熱が広がり……瞼を開いた時には、そこに神様の姿はなかった。

「さてと、面倒だが仕方ねーな。人間に紛れても変に思われないように、オレ様が人の世界のことを教えてやるよ」

振り向いた先にはそっくりの黒い犬が並んでいるけれど、口調からして……これは炎か。

ミズキは、チラリと雷のほうを見ながら、軽く頭を下げた。

「……お願い、します」

「あ、おまえ今、雷に言っただろ。カワイクねーな」

「炎ではなくおれを頼ろうとするのは、賢明なことだ。……時間がもったいないから、さっそく講義を始めることにしよう。……その前に饅頭を食って、ぐるぐるうるさい腹の虫を黙らせろ」

「はっ、はい。ごめんなさい。黙らせますっ」

呆《あき》れたような雷の言葉に、急いで神様からもらった饅頭に齧《かじ》りつく。

慌てたせいで喉に詰まりそうになり、「うっ」と呻《うめ》いたところで茶碗に入った水を差し出された。

「バカなヤツ。……オレの水だけど、分けてやる」

「う……ぅ、ありがと、ございます」

最初に押さえつけられたこともあって、炎のことを少し怖いと思っていた。けれど、実は優しい人……ではなく、狛犬らしい。

炎にもらった水で喉を潤しながら素早く饅頭を食べ終えると、二匹の黒い犬が夜空を見上げた。

「月が隠れたな。オレたちも人の姿を取ろうぜ」

「確かに、そのほうが色々と勝手がいいか」

うなずき合った炎と雷が、ブルブルと大きく身体を震わせる。あっという間にミズキの目の前で人の姿に変わり、思わず拍手をしてしまった。

「すごい！　お二人は、自由自在に変化《へんげ》できるんですね」

黒い犬の時には見分けがつかなかったけれど、こうして人の姿になっても背格好や顔がそっくりだ。

ただ、少しだけ違いがあった。

炎は、黒い髪の前髪のところが一筋だけ赤い色になっている。雷は、炎と同じように前髪の一部が黄色だ。

人の姿にしてもらった時のミズキとは違って、二人とも既にきちんと服を着ている。

「まあ、オレたちは高等な存在だからな」

「……驕《おご》るな、バカ者が。神様のご加護があってのことだろう」

炎の頭をコツンと叩いた雷が、「まず、なにから知りたい？」と尋ねてくる。

知りたいこと。知っておかなければならないことは、無数にある。

「えっと、ゆーいちのことは一緒に住んでいた時に見ていたから、だいたいわかるけど……きちんと役に立ちたい。ご飯って、どうやって作るのかな？　お布団を、お日様の匂いでふかふかにするには、どうすればいい？　お風呂《ふろ》、危ないからミズキは入っちゃダメって言われてたけど、お湯を入れたり掃除もしたい！　それに、それに……」

ミズキは、『ゆーいち』のためにしたいことを思い浮かべ、指折り数えながら炎と雷に教えを乞うた。

ジッとミズキを見ていた炎と雷が、首を捻る。

「そんなに、『ゆーいち』とやらの役に立ちたいか？　変な猫だな」

「人の姿を得てまでしたいことが、それだと？　強欲かと思えば、他人のため……か」

不思議そうな炎と雷に、ミズキはわずかな躊躇《ためら》いもなく大きくうなずいた。

「うん。ゆーいちが、大好き！　僕、欲張り……だよ。人の姿になって、近くに行きたい……なんて、ワガママだし。もしかして、この姿だとゆーいちとおしゃべりができる？　って期待しているし。うわぁ……夢みたいだ」

人の姿になりたいという望みは、ただの猫なら願っても叶わないはずだった。自分が猫又だなんて知らなかったし、知ったところで人に化ける術《すべ》などわからない。

せっかく神様にもらった、貴重な機会だ。一つでもたくさん、『ゆーいち』のためになる

ことをしたい。

「猫又のクセに、カワイーじゃねぇか」

「……猫は嫌いだが、向上心を持つ者は嫌いじゃない」

ポンポンと二人に軽く頭を叩かれて、顔を上げる。炎と雷は、微苦笑を浮かべてミズキを見下ろしていた。

二人の纏っている空気が……優しい。

受け入れてもらえたらしい気配を感じたミズキは、もう一度二人に向かって「お願いします」と深くお辞儀をした。

《二》

心臓が……ドキドキしている。

自分にそう言い聞かせながら、深呼吸を三回。

「落ち着け」

コクンと喉を鳴らしてインターホンに手を伸ばしたまではいいけれど、指先が小刻みに震えている。

迷い、右手をギュッと握り込んだミズキの視界の隅を、スッとなにかが過《よぎ》った。

「チッ、グズグズしてんなよ。しっかりしろ、チビ猫！　オレたちは、これ以上つき合わないからな！」

「あ……炎っ」

ミズキの背後から手を伸ばした炎は、止める間もなくインターホンのボタンを押して、素早く踵《きびす》を返す。

走り去る背中を呆然《ぼうぜん》と見ているミズキの耳に、インターホンの機械からノイズ交じりの声が飛び込んできた。

『どちらさん？』

「あの……」

低い声。機械越しだから不明瞭でハッキリしたものではないけれど、間違いなく彼の声だとミズキにはわかる。

ギュッと胸が苦しくなり、感極まったミズキは言葉を失った。

なにか言わなければならない。黙っていたら、インターホンを切られてしまう。でも、声が出ない。

もどかしさと焦燥感は込み上げるのに、喉になにかが詰まったみたいになっていて……口籠っていると、プツリとインターホンの途切れる音が聞こえてきた。

「あ……あ」

唇《くちびる》を震わせたミズキは、心の中で「僕のアホー！」と叫ぶ。炎と雷がここにいれば、きっとすかさず「アホか！」と怒鳴られていただろう。

「ど……しよ」

へたりと門の脇にしゃがみ込んだところで、ザリザリと砂を踏む音が近づいてきた。続いて、カシャンと門扉を開ける音……？

「どうしました？　今日は休診だが……急患か？」

「あッ！」

思いがけない近さで聞こえた氷高の声に驚いたミズキは、パッと顔を上げた。

しゃがみ込んでいるミズキのすぐ傍《そば》で、氷高が腰《こし》を屈めて……こちらを見ている。表情が曇り、心配してくれているのだと伝わってきた。

「どうした、少年」

道端に置かれたゴミ箱の陰や、公園の木の上で、浅い眠りに漂いながら何度も見た夢じゃない。

目が覚めれば消える夢ではなく、本物の、ゆーいちだ！

自分のすぐ傍に、ゆーいちがいる。目線の位置が高いせいか、猫だった時よりもずっと近くに感じる。

嬉しい。嬉しいっ。やっと逢えた！

「ゆ……」

歓喜で胸の中がいっぱいになり、頭が真っ白になる。

自分がなにをしようと思っていたのか、どうしなければならないのか。

昨日一日、朝から晩まで炎や雷と何度も練習した手順も忘れ、ふらりと氷高に手を伸ばして飛びつこうとした。

「おい？　大丈夫なのか？」

その手を摑んだ氷高に再度尋ねられ、ハッと我に返る。

危なかった。今の自分は、猫ではないのだ。今までのように、氷高の肩に飛びついたらいけない。

「あっ、あの……具合は、悪くないです。ゆーい……氷高、悠一さんですよね」

「……ああ。なんで、俺の名前を知ってる？」

名前を口にしたミズキに、氷高は怪訝《けげん》そうに答えて眉間《みけん》に皺《しわ》を刻む。摑まれていた手が離されて、グッと拳を作った。

氷高の視線が、ミズキの足元にある大きなバッグをチラリと見遣《みや》る。それによって、やるべきことを思い出した。

「僕、氷高悠一さんのハウスキーパーですっ。なかなかお家《うち》を見つけられなくて、やっと辿《たど》り着いたから……足の力が、抜けちゃっただけで……」

「ああ？　ハウスキーパーだと？」

ミズキの言葉を聞いた氷高は、眉間の皺をますます深くした。固い声も、その表情も、露骨に「歓迎しない」と表している。

ミズキは肩を落としかけたけれど、落ち込んでいる場合ではない。拒絶の言葉を聞いてしまう前に、何度も練習した台詞《せりふ》を畳みかけた。

「はい。えっと、母上さまから依頼をいただきまして……こちらに。住み込みで、悠一さまのお世話をするようにと」

「チッ、お袋め。ハウスキーパーなんざ、いらねーって言ったのに……余計なコトを。しっかし、ハウスキーパーっていうには……ガキだな。いくつだ？」

ジッとミズキの顔を見ていた氷高は、視線を移動させて肩から腕……足の先まで、観察する目で眺める。

明らかに、不審なモノを見る眼差しだ。

いくつ、と聞かれたら……どう答えるんだっけ？

「じ、十八……です」

頭に叩き込んだ問答集から、回答を引っ張り出す。氷高は、「ふーん？」と鼻を鳴らして嘆息した。

「ガキで、男か。住み込みだと、女はマズイって思ったのかねぇ。男だと間違いは起きないってか？　はっ……甘いな。だいたい、嫁をもらえとか口うるせぇくせに、ハウスキーパーに手ぇ出すのは許せねぇってか。テメェらが宛がったおジョー様じゃないと気に入らねえとか選り好みするあたり、相変わらずお高くとまってんな」

言葉を切ってクッと肩を震わせた氷高は、不安を顔に出しているだろうミズキから目を逸《そ》らして、屈めていた腰を伸ばした。

あ……背中を向けられてしまう？

焦ったミズキは咄嗟《とっさ》に手を伸ばして、氷高が穿《は》いているズボンの裾《すそ》を掴む。

「うん？」

氷高は動きを止めると、怪訝な目でミズキを見下ろした。

初めて逢った時、木の陰からよろよろと歩み出たミズキを見たのと同じような目だ。

少しだけ怖くて、でも……どこかあたたかい瞳。

本人は突き放そうとしているつもりかもしれないけれど、心配が滲み出ていて拒絶しきれていない。

氷高の瞳にあの日と似た色を見つけたミズキは、少しだけ緊張を緩ませた。

「お願いします。話だけでも。僕っ、一生懸命に働きます。ちょっとでも悠一さまのお役に立てるよう、頑張りますから……す、捨てないで！」

縋《すが》りつくようにしながら、氷高のために頑張ると訴える。

困惑の表情を浮かべて頰を引き攣《つ》らせた氷高は、片手で自分の髪を搔き乱した。

「って、おいおい……人聞きが悪ぃ言い方……あー……仕方ねーなぁ。いいから、ちょっと来い」

氷高が話している途中で、自分たちの脇を自転車が通りすぎる。

視線を泳がせて、「ご近所に妙な誤解をされるだろが」とぼやいた氷高は、ミズキの腕を摑んで立ち上がらせた。

「たまたま休診日だし、どうせ予定もないしな。雇うかどうかは別として、おまえの話とやらを聞いてやるよ」

仕方なさそうな笑みを浮かべつつでも、そう言ってミズキと目を合わせてくれる。

やはり『ゆーいち』は優しい。

「あ、ありがとうございます」

第一関門、突破だ。

パッと顔を輝かせたミズキは、地面に置いてあったバッグを両腕で抱えると、大股《おおまた》で庭を歩く氷高の背中を小走りで追いかけた。


「缶コーヒーか酒……あとは水しかないな。缶コーヒーでいいか？」

玄関を上がりながら尋ねられて、氷高の背中に向かって首を横に振った。

えっと、靴……は脱がなくてはならない。で、廊下に上がって……氷高の真似《まね》をしていたら大丈夫かな？

「おい？　コーヒーは嫌いか」

「あっ、あの、オカマイナク。僕、コーヒー飲んだことないから……たぶん飲めないです」

振り向いた氷高に、慌てて言い返す。

人間としておかしくない振る舞いをしなければ、と。そこにばかり神経を集中させてしまい、返事をしていなかった。

「……そうか。コーヒーを飲んだことがないっていうのは、ちょっと珍しいなぁ」

不思議そうに言いながらも、それ以上追及されなくてホッとした。

こっちだ、と氷高に案内されたのは、馴染みのある居間だ。ミズキは氷高と一緒にいられるこの部屋が大好きで、一日の大半をここで過ごした。

でも、猫だった時と人間では広さの感じ方がずいぶんと違う。

おもちゃを追いかけて木製のテーブルの下を走り回っていたけれど、今のミズキでは潜り込むのも難しそうだ。

そう思いながら室内に視線を巡らせていたミズキは、壁際に置かれているラウンド型のペットベッドに目を留める。

「……ベッド」

ふかふかで、気持ちよくて……大好きだった、『猫のミズキ』のベッドだ。

ミズキがポツリとつぶやきを零すと、氷高は同じものを見ながら口を開いた。

「ああ……気にしなくていい。前に、面倒を見ていた猫が使ってたやつを、処分しそびれてるだけだ」

トクンと大きく心臓が脈打った。

面倒を見ていた猫とは、ミズキのことに違いない。

不慮の事故でこの家を出たのは、半月近く前のことだ。まさか、まだベッドを置いていてくれるとは思わなかった。

こちらに背中を向けているので、氷高がどんな顔をしているのか見えない。胸の奥から湧き上がるもどかしさを押し込めながら、おずおずと尋ねた。

「その猫、は……今は？」

「チビだったし、俺の言葉を理解してるかと思うほど頭のいいやつだったから、一匹で敷地から出ないだろうと油断した。仕事から帰ったら、いなくなってたんだ。近所を探したけど、見つからねぇ。……事故った形跡もないし、チビで可愛かったから誰かに拾われて幸せにしているんだろ。それなら……それでいい。誰かに可愛がられてるなら……」

一気にそれだけ口にした氷高は、一つ大きく息をついて、「その話はいいだろ」とミズキを振り向いた。

バッグを抱えたまま立ち尽くしているミズキに苦笑して、

「とりあえず、そいつを下ろせ。で……まぁ、座れ」

そう言って、自分が先に畳へと腰を下ろした。

ミズキはコクンとうなずき、「はいっ」と答えておいてバッグを壁際に置くと、氷高の隣に座り込んだ。

猫だった時の習慣で、ふらりとその膝に顔を伏せそうになったのとほぼ同時に、「ダメ！」と頭の中に制止する声が響く。

「っ……危なかった」

今の自分は、猫ではない。

炎や雷からは、人間同士は特別に親しくないと触れ合ったり舐《な》め合ったりしないのだから気を抜くなと、散々注意されている。

ふー……と胸を撫で下ろすミズキを、氷高は不思議そうに見ている。誤魔化《ごまか》すのには、とりあえず笑っておけ……と炎が言っていた。

えへへ、と笑いかけたミズキに、何故《なぜ》か氷高は眉間に皺を刻む。

「おまえ……っと、そういや名前を聞いたか？」

「名前、自己紹介ですねっ。僕は、織原《おりはら》ミズキです。少し前まで外国にいて、学校を卒業して……日本に戻ったばかりなので、変なところがあったらゴメンナサイ。ハウスキーパーは、オバの会社で……えっと、ハタラカザル者食うべカラズなので、仕事させてもらうことになりました」

確か、これでよかったはず。名前は、神様の名前を借りて『織原』と、氷高につけてもらった『ミズキ』。

炎と雷が考えてくれた台詞は長くて、一生懸命覚えたつもりだけれど……氷高にきちんと伝わった？

ドキドキしながら、氷高の顔を見上げる。

「なるほど。帰国子女か。最近の若者って感じじゃないと思った。しっかし、それでハウスキーパー……？　経営者の身内だからって、そんな経緯のガキを派遣するってのはどこの会社だ。大して使いもんにならねーだろ」

「あのっ、一ヵ月はお試し期間で、料金はいりませんから。い、イタラヌところがあれば、遠慮なくお申しつけください」

「つっても、住み込みだろ。おまえだけ見てるとガキで大それたことはできなそうだが、ハッキリ言って胡散《うさん》くせー……」

言葉を切った彼は、なにか考えているみたいな難しい表情をしていて……そこで、もう一つ大切なものを思い出した。

神様から授けられた、魔法の呪文。三度しか使えないらしいけど、一度目は最初に使えと言われていた。

雷曰《いわ》く、

『強引に押しかけて居座ってしまえば、コッチのものだ。その後は少しばかり妙なことをしても、なんとか誤魔化せる。ひとまず、取り憑《つ》いて……いや、取り入ってしまえ』らしい。

自分で考えつく策などないミズキは、彼らの作戦に従うのみだ。なにより、頭のいい雷の言葉なので信用できる。

「おまえ、織原……といったか。とりあえず派遣元の紹介状か、責任者の連絡先を」

「……僕は、ゆーいちのハウスキーパーです！　信じて！　……モフなシッポのラブリー呪術で、ニャンとかニャれ！」

グッと両手を握り締め、神様から教わったありがたい祝詞を一息で言い放つ。

最初に頭に直接流し込まれた正式なものは、もっと長かった。けれど、ミズキはうまく復唱できなくて……一番重要な部分らしい最後のところだけでも効果があるからと、炎と雷に叩き込まれたのだ。

呪文の途中で何度も舌を噛んでしょんぼりするミズキに、炎は呆れたような顔で、

「バーカ。チビ猫はしゃーねぇな」

と、軽く頭を小突きながら笑った。

そんな炎に眉を顰めた雷は、

「はっ、偉そうに。おまえこそ、最初は変化呪文を憶えられなくて『ココ掘れワン』だったくせに」

そう鼻で笑い、何故か炎に蹴られていた。

今は、きちんと言えたはず。氷高は……どうなった？

恐る恐る氷高を見上げたミズキは、「あの……悠一さま？」と、控え目な声で名前を呼びかける。

「あ……ああ、悪い。ぼうっとしてた。なんだったか……あー……お袋が手配したハウスキーパーか。不要だって言ったのに、相変わらず強引な人だ。即行で追い返せば、おまえが怒られるんだろうな。……仕方ない、適当にやってくれ。悪いが、試用期間の一ヵ月が経てばおまえの不利にならん理由を適当につけて、解雇させてもらうつもりだが……」

「は、はいっ。一ヵ月……充分です！」

パッと顔を輝かせたミズキは、心の中で「やっぱり神様すごい！」と金色の長い髪をした神様を思い浮かべて両手を合わせる。

信じて……受け入れてもらえた。ゆーいちの傍にいて、役に立てる！

「僕、悠一さまのお役に立てるよう、一生懸命頑張ります」

「その、悠一さまって呼び方はやめてくれ。一緒に住むなら名字も堅苦しいし、せめて『悠一さん』だな。おまえは……」

「あっ、僕のことはミズキとお呼びください」

氷高がつけてくれた、大切な名前だ。

失礼ながら、神様に借りた『織原』よりも大好きで大切な名前を、彼自身に呼んでもらいたい。

「ミズキ、か」

「はいっ」

氷高の声で『ミズキ』と呼ばれた瞬間、目を輝かせたはずだ。

彼がつけてくれた大切な名前だ。もう、呼んでもらえないかと思っていた。

嬉しい！　今のミズキに尻尾があれば、ピンと立ててゴロゴロ喉を鳴らし、喜びを表しているはずだ。

氷高は、無言でそんなミズキを見ていたけれど……ポンと頭に手を置く。

「ゆーいち……さん？」

「……っと、悪い。うちにいたチビ猫と同じような色の髪をしていて、偶然にも同じ名前なんだ。つい手が出た」

慌てたように手を引っ込めた氷高に、ミズキは「もっと触ってくれればいいのに……」と肩を落とす。

「じ、じゃあ、適当に家の中を案内するか。俺しか住んでいないから、使ってない部屋のほうが多い。好きな部屋を使え」

話しながら立ち上がった氷高に続いて、ミズキも座り込んでいた畳から腰を浮かせる。

「僕は、ここでもいいですが」

壁際にあるペットベッドをチラリと横目で見ながら、ポツンと零す。ミズキにとってこの

部屋は、一番馴染み深くて心安らげる空間なのだ。

　廊下に足を踏み出した氷高はミズキの視線に気づかなかったらしく、「ははっ」と声を上げて笑った。

「ここは居間……リビングだからな。落ち着かねぇだろ。猫みたいに、部屋の隅っこで丸くなるわけでもないだろうし」

「そ、そうですねっ。猫じゃないから、ここは無理です……ね」

　しどろもどろに言い返したミズキに、数歩前を歩く氷高は肩を震わせている。漏れ聞こえてきた低いつぶやきは、

「帰国子女……面白ぇな」

　の一言だ。

　すごい！　きちんと誤魔化せているみたいだ。

　呪文を授けてくれた神様にも、人間として不自然ではないようにミズキの設定を考えてくれた炎と雷にも、感謝しなければならない。

「平屋だし、そんなに広い家じゃない。案内っても、台所と風呂あたりと……それくらいか」

「知っ……、お風呂の入れ方、教えてくださいねっ」

　危うく、知っていますと言いそうになってしまった。

幸い氷高は、なんとか途中で言葉を呑《の》み込んだミズキを不自然だと感じなかったのか、廊下を歩く足を止めることなく「ああ」と返してくる。

気を抜いてはダメだ。

せっかく、神様に人の姿にしてもらったのだから……一ヵ月より早くここから出て行かなければならないような、ヘマをしてはいけない。

『オマエが猫又だって知られたら、気味悪がられて追い出されるぞ。絶っっ対に、猫だとバレるなよ』

『おれたちもできる限りフォローするし、時々様子を見に行くけど……ミズキ自身が頑張らないとダメだからな』

何度も言い聞かされた炎と雷の言葉を頭の中で繰り返して、「うん、頑張る！」と、大きくうなずいた。

《三》

押しかけハウスキーパーとして再び氷高家で暮らすようになって、四回目の朝が来た。

繰り返し夢に見た氷高との生活は、ミズキにとって『楽しい』としか言いようのないものだ。

空が白み始める頃、小鳥の囀《さえず》りに導かれて目を覚ます。炎や雷に「トロい」と言われるミズキはなにをするにも時間がかかるので、氷高が起床するよりずっと早く動き出さなければならないのだ。

寝間着からシャツとパンツに着替えて顔を洗い、台所で電気ケトルにお湯を沸かす。お湯が沸くのを待つ間に、門扉のところにあるポストへ新聞を取りに行く。

氷高は起き抜けにコーヒーを飲むのだけれど、本人曰く面倒という理由で今までは缶コーヒーだった。

ミズキができるのは、ポットで湯を沸かして粉のコーヒーを溶くだけで……それでも氷高は、「缶コーヒーよりうまい」と笑ってくれる。

「パンをトースターに入れるのは、悠一さんの顔を見てから。ゆで卵は……この機械が作ってくれるし、ハムとサラダはお皿に盛りつけるだけ」

不器用なミズキを見兼ねた氷高が、生卵と水を入れてスイッチを押すだけでゆで卵を作ってくれる機械を買ってくれた。

サラダは袋に入った野菜と生でも食べられるハムを皿に移すだけでいいし、パンはトースターに入れておけば勝手に焼ける。

ミズキが手をかけなければならないことは、さほど多くない。

「ハウスキーパーって、本当はこんなのじゃダメだよね……？　炎と雷は、たくさん教えてくれたけど……僕、全然できてない」

蒸気の噴き出すケトルを見下ろして、ポツリとつぶやいた。

最初の頃は、見よう見まねで朝食作りにチャレンジしていたのだ。

でも、味噌汁を作るのは難しいし目玉焼きは黄身が潰れて残念な見た目になった上に、焦げ焦げになる。

次の日は、なんとか味噌汁らしきものができたかと喜んだのに、炊飯器のスイッチを入れ忘れていた。

初日は外食に連れていってくれたし、次の日は近所のおばあさんがたくさん作ったからお裾分けだとおかずを持ってきてくれた。昼食は、診療所でお弁当を買ったり出前を頼んだりしているらしいので、ミズキの出番はない。

そんなふうに夕食や昼食は誤魔化しが利いたものの、ミズキ一人で作業しなければならない朝食はどうにもならなくて……。

三日続けて朝食作りに失敗したところで、氷高が、

「おまえはもう無理をするな。朝飯は、パンをトーストするだけでいい。ゆで卵メーカーもあったはずだから、買いに行こう。野菜ジュースがあればサラダはなくてもいいが、パックのサラダセットも売ってるだろうし、そいつで充分だ」

と、解決策を提案してくれたのだ。

昨日は午後の診療が休みだったこともあり、二人で大きなショッピングセンターに出かけていろいろと便利な道具を買い込んできた。

ハウスキーパーを自称しながら不手際としか言いようのない醜態を晒《さら》すミズキに苦笑するだけで、怒ったり不審がったりしないのは、神様の呪文のおかげに違いない。

「やっぱり神様はすごい。でも、それに頼ってばかりじゃダメだよね。悠一さんのために、練習して、もっときちんとご飯を作れるようにならなくちゃ」

時計を見上げると、そろそろ氷高が台所に顔を出す時間だと確かめてコーヒーの準備を進めた。

氷高はコーヒーで、ミズキはホットミルクだ。猫だった時、氷高が飲ませてくれたものと同じ紙パックのミルクなのに何故か味が違うような気がする。

人間になったせいで味覚が変わったのかとも思ったけれど、きっと理由は別にある。

「ゆーいち……悠一さんが『飲みな』って出してくれたら、もっともっと美味しいはずなのにな」

同じレンジで温めたものでも、自分で自分のために用意したものはなんだか味気ない。

そう考えたところで、氷高がお湯で溶くだけのコーヒーを「うまい」と言ってくれるわけが薄っすらと見えた気がした。

「そっか。一人だと美味しくないから、おとーとさんがお嫁さんをもらえって、言ってたのかな？　お嫁さん……かぁ」

お嫁さんがどんなものか、ミズキもなんとなくだけれど知っている。お嫁さんになれたら、大好きな氷高とずっと一緒にいられるのだ。

氷高が弟という人に語っていた『嫁の条件』も、憶えている。

「僕が頑張っても、猫じゃダメだろうな。なにより、オスだし」

氷高の理想とするお嫁さんの条件に、ミズキはなに一つ当てはまらない。

ぼんやり考えて肩を落としたところで、ケトルの口から噴き出していた白い湯気がいつの間にか見えなくなっていることに気づいた。

「あっ、悠一さんのコーヒー！」

粉だけ入れてあったカップに、慌ててケトルのお湯を注ぐ。勢い余ってピシャンと飛沫《しぶき》が飛んできて、ミズキの手の甲を濡《ぬ》らした。

「っっ！　ぃ……たぁ」

痛い？　違う。これは、熱い……だ。

素肌《すはだ》に熱湯が飛び散ったのは初めてで、未知の感覚に呆然となる。

猫だった時は毛むくじゃらだったから、これほど無防備に皮膚《ひふ》に刺激を受けることなどなかった。

湯の飛沫が飛んだミズキの右手の甲は見る見るうちに赤くなり、空気が撫でているだけなのにヒリヒリする。

人間の肌が、こんなにも繊細だなんて……炎も雷も、教えてくれなかった。

「ふぁぁ……おはよ、ミズキ。なに、ボーっと突っ立ってんだ？」

背後から氷高の声が聞こえてきて、我に返ったミズキはハッと顔を上げた。ぼんやりとしていてはいけない。

「ごめんなさい。すぐ、コーヒー……を、っっ！」

焦ってカップに手を伸ばしたせいで、また指先を濡らしてしまった。ただ、今度はケトルから注いですぐのものよりも熱くない。

と、安堵したのはミズキだけのようだ。

「おいっ、火傷《やけど》したんじゃないかっ？」

いつになく緊張を帯びた氷高の声が耳に飛び込んできたと同時に、グッと強く手首を摑まれる。

驚いて声もないミズキをよそに、氷高はミズキの手をシンクの蛇口《じゃぐち》の下に翳《かざ》した。流れ出る水が手首から先を濡らす。

「痛いか？」

「だ、大丈夫です。さっきより、痛くありませんから」

「さっき？　……見せてみろ」

痛くないと首を横に振れば和らぐと思っていた氷高の声が、何故か更に固い響きになってしまった。

流水の下から引き戻したミズキの手を、角度を変えながらまじまじと見ている。

「赤くなっているな。水疱《すいほう》ができるほどではなさそうだが」

「平気です。……ごめんなさい。トロくて」

「トロいって、誰かに言われたのか？」

「炎と雷……友達に、間抜けとかトロいとか……笑われます。悠一さんにまでご迷惑をおかけして、本当に僕、トロいんだ」

炎に繰り返し言われる言葉を自ら口にして、しょんぼりと肩を落とす。

トロいとか間抜けとか不器用だとか、危なっかしいヤツとも眉を顰められたりするけれど、どうすれば治るのかは教えてくれなかった。

「確かに、少しばかりトロいかもしれないけど、なにをするにも一生懸命なのは悪くはないぞ。……赤味はだいぶ引いたが、まだ痛いか？　ひどくなるようなら、診療所のほうで手当てをするが」

「いいえ、大丈夫です。人間の肌は弱いけど、強いんですね。初めて知った」

あんなにヒリヒリとしていたのに、あまり痛くない。弱くて、でも……強くて。なんだか不思議だ。

そう思いつくままを語ったミズキに、背後にいる氷高は「くっくっくっ」と肩を震わせて……笑っている？

「おまえ、日本語がちょっと変だぞ。それじゃあまるで、つい最近人間になったみたいな言い回しだろ」

「あ、あれっ？　人間語……じゃなくてっ、日本語難しくてごめんなさいっ」

氷高の指摘に慌てたミズキは、なんとか言い繕おうとしたけれど、また変な言い回しになってしまった。

おろおろ視線を泳がせるミズキの動揺をよそに、氷高はうつむいて笑い続けている。

「愉快だから謝らなくていい。もう大丈夫そうだな。朝飯の続きは俺が作ろう」

「ごめんなさい」

結局、氷高の手を煩わせただけのような気がする。

氷高は、しょんぼりと謝ったミズキの頭をポンポンと軽く叩いて微笑を滲ませた。

「作るってほどじゃないか。ほとんどできてるな。パンをトースターに……は、俺がやる。ミズキは、冷蔵庫からバターとジャムを出してくれ。あと、皿」

「はいっ」

なにもせずに見ているだけというのは辛かったので、用事をもらえてホッとした。食器棚から白いプレートを取り出し、ダイニングテーブルに置いてから冷蔵庫を開ける。

バターの容器と、ジャムの瓶。あとは……ミズキ用の牛乳パック。

氷高はコーヒーをブラックで飲むけれど、ミズキはコーヒーを飲めない。

押しかけハウスキーパーとしてここに来た翌日、一緒にスーパーに出かけた際、猫だった頃に氷高が飲ませてくれたミルクのパックを見つけて思わず手を伸ばしかけた。ミズキはすぐに手を引いたけれど、氷高はしっかり目に留めていて……ミズキが飲むなら買えばいいと、買い物かごに入れてくれたのだ。

昨日の午後、ショッピングセンターでいろんなものを買い出しに行った時にも、氷高が「これもいるだろう」と当たり前のように買い物かごに入れた。

氷高が自分のために冷蔵庫に常備してくれていたものが、猫のミズキのためではなくても、今もある。

居間の隅に置かれたままのベッドと合わせて、まだ居場所を残してくれているみたいで嬉しい。

「ミズキ？　扉、開けっ放しでどうした？　冷蔵庫に怒られてるぞ」

「あ……っっ、ごめんなさいっ。閉めます」

ぼんやりしていたミズキの耳には、冷蔵庫が発するピーピーという電子音が全然入っていなかった。

目的のものを手に取って、急いで扉を閉める。

「開いていること、教えてくれていたのに……ごめんなさい」

ペコペコ冷蔵庫にお辞儀をするミズキに、氷高はまたしても「クククッ、面白ぇ」と低くつぶやき、うつむいて笑っていた。

こんなふうに氷高が笑ってくれるなら……『トロく』てもいいかな？

□□□

「じゃーな、ミズキ。オレは帰るから。また様子を見にくるけど、なんかあったら神社に来いよ」

「うん。ありがと」

ミズキが、氷高のところでうまくやれているか。

様子伺《うかが》いのため訪ねてきてくれていた炎を、門のところで見送る。

遠ざかる背中に何度も手を振り、回れ右をして家に戻ろうとしたところで、門の前にトラックが停まった。

トラックから降りてきた人は、インターホンを押すことなくミズキに頭を下げる。

「氷高さん、お届け物です。ハンコ、お願いします！」

「は、はいっ」

ビシッと背を伸ばして答えると、急いで庭を取って返した。

氷高が仕事で診療所へ行っている時は、きちんと留守番をするのもハウスキーパーの役目だ。

氷高に「宅配が来たら、ハンコはこのケースに入っている」と教えられたところからハンコを取って、門の外で待っている人のところへ戻る。

「ハンコ……これでいいですか？」

宅配の人が「こちらに」と指差した紙に、ドキドキしながらハンコを押して、茶色の大きな封筒を受け取る。

「……はい、どうも！」

「ありがと、ございました」

ここにと指差された場所にきちんと押したはずなのに……宅配の人は何故か苦笑してペコリと頭を下げ、トラックに乗り込んだ。

エンジンをかけたままだったトラックはすぐに走り去ったけれど、ミズキは門の脇から動けなかった。

「笑われた？　僕、なにかおかしかったかな」

なにがおかしかったのか、わからない。首を傾げて回れ右したミズキの目に、インターホンの脇にある表札が映った。

黒いプレートに刻まれた文字は、『氷高』。

「あ……逆さだった……かも」

手に持ったままのハンコを見下ろして、ついさっきの自分は上下を逆さに押してしまったのだと気がついた。

それで、宅配の人に少し笑われてしまったのか。

「うう……失敗。次は気をつけよう。これ……少しでも早く、悠一さんに渡したほうがいいよね」

右手にハンコを握り込み、左手には茶色の封筒を持ったまま、道を挟んだ向かい側にある白い建物を見遣った。

氷高は、あそこにいるとわかっている。庭を横切って家に戻るより、道を渡ってあの建物を訪ねるほうが近いし……。

少し考えたミズキは、左右を確認して車や自転車が来ていないことを確かめると、小走りで道を渡った。

この建物に入るのは、初めてだ。未知の経験は、やっぱり不安で心臓がドキドキする。

「ここから入っていいかな」

他に出入り口らしき扉が見当たらなくて、恐る恐るガラスの重い扉を押し開ける。

建物に入ってすぐのところにいる女性がミズキの姿に気づいて、笑いかけてきた。

「こんにちは。初診ですか？」

「あ……あのっ、僕は、悠一さんのハウスキーパー……です。お届け物をしたくて、こちらにやってきましたっ」

変だと思われてはいけない。きっと、少し変なことを言ってもミズキが猫だなんてわからないはずだけど……。

しどろもどろになりながら答えたミズキに、女性は笑みを消すことなく大きくうなずいた。

「あ、はい。少し待ってくださいね。今いる患者さんが出てこられたら、午前の診療が終わりますから」

女性の言葉が終わるのとほぼ同時に、白いドアが開いておばあさんが廊下に出てくる。ドアを閉めるために振り向いて、丁寧に頭を下げた。

「先生、ありがとうございます」

「お大事に。できるだけ長袖《ながそで》を着て、肘を冷やさないようにしてくださいね」

氷高の声が漏れ聞こえてきて、緊張が少しだけ和らいだ。

おばあさんは、ミズキに話しかけてきた女性と短く言葉を交わしてなにかを受け取り、こちらへ向かってくる。

身体をずらして通路を開けたミズキにぺこりと頭を下げるから、ミズキも慌ててお辞儀を返した。

「えーと、ハウスキーパーさんね。先生！　可愛いお客さんがいらしてますよ！」

身体を捻った女性が奥に声をかけると、「ああ？　客？」という氷高の声が聞こえてきた。

その低い声が近づいてくる。

「客って、なにが……ああ、どうしたミズキ」

顔を覗かせた氷高に、思わず安堵の笑みを浮かべる。左手に持っている茶封筒を胸元に上げて、訴えた。

「これっ、宅配の人が持ってきてくれましたから……お届けに来ました。ハンコ、上下逆に押しちゃったけど、よかったのかなぁ」

最後の一言は不安が滲む声でつぶやく。廊下に出てきた氷高は、ミズキの手から封筒を受け取ってかすかな笑みを滲ませた。

「ああ……ありがとう。ハンコは大丈夫だろ。帰国子女だと、会話はそれなりにできても漢字の読み書きは難しいらしいな」

「は、はい。でも、勉強して……頑張ります」

ミズキが言い訳じみたことを言わなくても、氷高のほうでそんなふうに理由をつけて納得してくれる。

コクコクうなずいて、右手にハンコを握り締めたまま氷高を見上げた。

すると、脇から女性の声が聞こえてくる。

「か……っわいい。先生、こんなに可愛いハウスキーパーさん、いつからいらしてたんですか？　高校生くらいですよね」

「あー……つい最近だ。まぁ、ハウスキーパーというより、同居人って感じだな。猫を飼ってるみたいなもんだ」

女性に答えた氷高の言葉に、ミズキの心臓がドクンと大きく脈打った。

猫……と言われてしまった。否定しなければ！

そんな焦りに背を押されるまま、早口で二人の会話に割り込む。

「ち、違います。僕は猫じゃなくて……織原ミズキという人間です！　ホントに、猫じゃないですよっ？」

拳を握って力説するミズキに、女性は目を丸くして不思議そうな顔をし……氷高は、クッと低く笑った。

「ああ、悪い悪い。人間なのはわかってる。モノのたとえだ。……って感じで、帰国子女らしいから少しばかりズレてて面白いだろ。本人はハウスキーパーだって張り切ってるが、うちにホームステイしつつ……社会勉強の一環ってあたりだな」

「なるほど。それなら、うん……わかります。ミズキくん？　私はこちらの診療所で事務員をしています、佐川《さがわ》といいます。よろしくね」

ニッコリと笑いかけられて、戸惑った。

そっと氷高に視線を移したミズキは、目で「どうしたらいいのかな？」と語っていたのかもしれない。

氷高は、佐川と名乗った女性が語らなかったことまで話してくれる。

「先代がいる頃から、三十年近くもここで働いてくれているからな。俺よりベテランだ。頼りになるお袋って感じだから、ミズキもヨロシク言っておけ」

「は、い。ヨロシクお願いします。大きなお世話になります」

氷高に促されるまま、佐川に向かって深々と頭を下げる。直後、氷高の笑い声が廊下に響いた。

「ぶはっ、大きなお世話って、いや……言いたいことはわからなくはないが、日本語としては微妙だな」

どうやら、なにかがおかしかったらしい。

おろおろ視線を泳がせたミズキは、目を丸くしている佐川に「お願いです」と、もう一度お辞儀をする。

佐川からは、「あらまぁ、ご丁寧に。こちらこそよろしくね」と笑みを含んだ優しい言葉が返ってきて、少しだけ緊張が和らいだ。

ひとしきり笑った氷高は笑いを収めると、乱れた息を整えて時計を見上げる。

「あー、笑ったら腹が減った。昼時だな。……ミズキも一緒に昼飯を食うか？　弁当を買いに行くか、出前を取ろう」

「え……僕、も？　でも、僕はハウスキーパーで……お家を空けて、のんびりご飯をいただくわけには」

どうしよう。

あまり多くの人と接触したら、人間としておかしいと思われてしまうかもしれなくて……でも、ニコニコ笑ってミズキを見ている佐川は優しそうだから、少しくらい変なことをしても大丈夫ではないかと、迷う。

それに、人間の言う『昼食』とは少し違うかもしれないけれど、さっきまで逢っていた炎から必要な『気』を分けてもらって空腹は満たされている。

炎にもらった『気』は物質ではないので、お腹に人間の食べ物が入るくらいの余地はあるけれど……。

きちんと返事をできずにいるミズキをよそに、氷高は白衣の上からズボンを叩いて「財布は……あるな」と確認して、こちらに向かって歩いてきた。

「そこの弁当屋に行くか。ミズキ、おまえも一緒に来い。メニューを見て、好きなのを選べばいい。佐川さんは、どうします？」

「ええと……でしたら、チキン南蛮《なんばん》弁当をお願いします。それでは私は、お茶の用意をしておきますね」

「頼みます。あ、この封筒を適当なところに置いててください。行くぞ、ミズキ」

佐川の言葉にうなずいた氷高が、ミズキの腕を摑んで出入り口に向かう。ミズキは、まだ返事をしていないのに……。

「ほら、変に遠慮してないで動け。昼休みは無限にあるわけじゃないんだ。飯を食う時間が減るだろ」

自分がグズグズしているせいで、氷高や佐川が昼食を取る時間が減る？

それはいけない。

「は、はい」

うなずいたミズキは、氷高に急《せ》かされるまま小走りでガラス扉を出た。

……右手にハンコを握り締めたままだと気づいたのは、お弁当屋さんから診療所に戻ってからで……右手のひらにクッキリ刻まれた『氷高』の赤い文字を、氷高と佐川の二人に笑われてしまった。

《四》

家の前の道路で掃き掃除をしていると、背後から名前を呼ばれた。

「ミーくん、お掃除かい？　偉いねぇ」

「あ……こんにちは。偉くないです。僕のお仕事ですから」

ニコニコ笑ってミズキを見ているのは、診療所から出てきたばかりのおばあさんだ。ミズキは、手にした箒《ほうき》の動きを止めて振り返ると、笑いながら言葉を返す。

氷高の仕事の邪魔をしたくはないけれど、頼まれたものを自宅から持っていったり……近所の弁当屋で買った昼食を運んだり。

頻繁に通院するお年寄りたちと診療所で何度も顔を合わせるせいか、いつの間にか名前を憶えられてしまった。

「ミーくんは小さいのに、働き者だ」

ただ、お年寄りたちが口にするのは名前の一部分だけで、氷高が「猫みたいだな」と笑う略称だけれど。

「いえ、まだまだですっ。朝の雨のせいで、たくさん葉っぱが落ちちゃったから……踏んで滑らないように、気をつけてくださいね」

「はいはい、気をつけますよ。優しい子だね」

「っ……！」

手が伸びてきて、髪に触れられ……反射的に首を竦ませてしまった。

猫だった時、ミズキにとって人間は怖い存在だった。そのせいで、今でも不意に触れられそうになると身構えてしまう。例外は、氷高だけで……何故か、彼は最初から怖いと感じなかった。

「綺麗《きれい》な夕焼けだ。明日は晴れだね」

幸い、おばあさんはミズキの態度を不自然に思わなかったらしく、空を見上げて言葉を続けた。

「……そうですね。キレイ」

なんとか微笑《ほほえ》んだミズキが相づちを打つと、「また来週に」と言い残して去っていく。

道路の角を曲がり、完全に姿が見えなくなってようやく肩の力を抜いた。

「ダメだなぁ。僕……可愛くなんか、ないのに」

診療所に通う患者のおばあさんやおじいさん、事務の佐川も……ミズキに「可愛い」と言いながら触れてくるのが、どうにも不可解だ。

どう考えても、自分が可愛いとは思えない。

大人の猫たちには「気味が悪い」とか「変な子」と言われていたし、人間は「不細工なチビ猫」と笑っていた。

思い起こせば、ゆーいち……氷高も、猫のミズキを前にして「可愛い」とは言わなかったと思う。

それなのに、こうして神様に人間の姿をもらってからはいろんな人に「可愛い」と言われるので、よくわからなくて戸惑うばかりだ。神様は人間の姿をくれる時に、どんな魔法をかけたのだろう。

あと、困るのは特にお年寄りたちがミズキの髪に触れようとすることだ。

いちいち身体を硬くしていると、氷高に、

「年寄りは気軽に触るからな。おまえを孫みたいに可愛がってるだけだ。自分からくっつくのは平気なくせに、アッチから手を伸ばされると身構えるって……人慣れしない野良猫みたいだな」

と、笑われてしまった。

焦って、「猫じゃないよ！　ミズキだよ」などと言い返した回数は、両手の指では数え切れない。

そのたびに氷高には、「オマエがミズキなのは、わかってるっつーの」などと、ますます笑われてしまうのだが……。

「あれ？　悠一さん……もうお終《しま》いですか？」

いつもより早く氷高が診療所から姿を現して、門の前で箒を手に出迎えることになったミズキは首を捻った。

氷高が仕事を終えて家に帰ってくるのは、もう少しだけ遅い時間のはずだ。

「ああ。さっき、弟が学校帰りに来るって連絡してきたからな。もう患者もいないし、佐川さんに片づけと戸締りを頼んできた」

「弟さま……が」

氷高の弟には、一度だけ逢ったことがある。

猫だった時に訪ねてきて、「なんだこの猫」と頭を指の先でツンツンとつつかれて……ちょっとだけ嫌だった。

その苦手意識が表情に出てしまっていたのか、氷高が訝しげな顔で尋ねてくる。

「どうした？　顔色がよくねーな。具合が悪いなら、黙ってないできちんと言えよ」

「なんでもないです。平気ですっ」

勢いよく首を左右に振り、「どうぞっ」と門扉を開ける。

氷高の弟が苦手だなんて……言えるわけがない。それに、今のミズキは猫ではないのだから、頭や鼻先をつつかれたりはしないだろう。

「お茶かコーヒー、淹《い》れましょうか」

「あー……あいつが来てからでいい。着替えだけ済ませておくか」

ミズキの右隣に並んだ氷高からは、すっかり慣れた消毒薬の匂いがする。猫だった時も、毎日この匂いに包まれて眠っていたので、ミズキは心地いいと感じる大好きな匂いだ。

「じゃあ、夕飯の下準備だけしておきますね」

最初よりはマシになったと思うけれど、ミズキは『トロい』ので、夕食を作るのにも時間がかかる。

主婦としてもベテランの佐川に習って、少しずつできることが増えてはいるけれど……。

「晩飯、なんだ？」

「ワカメのお味噌汁と、鶏の炊き込みご飯です。佐川さんが、簡単に作れる方法を教えてくれました。材料を全部お鍋一つで煮ておいて、お米と一緒に炊飯器に入れてスイッチポン！で、美味しく作れるそうです。本当にそれでできたら、すごいですよねっ。……失敗しなかったらいいなぁ」

嬉々《きき》として語るミズキに、氷高は「そいつは楽しみだ」と笑って、クシャクシャと髪を撫で回す。

その心地よさに、目を細めて「ふふふ」と笑った。

さっきのおばあさんには少し身構えてしまったけれど、氷高に触れられるのは嬉しいばかりだ。

気持ちよくて、嬉しくて……もっと触ってほしいと思ってしまう。

無意識に右側を歩く氷高に身体を寄せたミズキは、肩を触れ合わせて歩いた。

猫だった時に同じことをしたら、「纏わりついたら、踏みそうで怖いだろ。危ないからやめろ」と言われて抱き上げられたけれど、人間になった今では「やめろ」と言われない。

そう、幸せな気分に浸っていたミズキの頭の上から、

「あんまり……無防備にくっつくなよ」

どことなく苦いものを含んだ氷高の声が落ちてきて、ビクッと肩を震わせながら「え？」と顔を上げた。

くっつくな、って……言われた？　嫌だった……？

少しだけ身体を離して、拒絶されたのかと唇を噛む。

ミズキがその場に立ち尽くしたせいか、数歩先で立ち止まった氷高がチラリと視線を向けてきた。

そっと窺《うかが》っていたミズキと目が合うと、大きなため息をつく。

「なんて顔をしている。おまえを嫌ってんじゃない。……仕方ねーな、帰国子女。俺は、海外旅行も数えるほどしかしたことのない、生粋の日本人だっつーの。好き好きって感じでやたら可愛くくっつかれると、妙な気分になりそうだろうが」

氷高が零した言葉の意味はほとんどわからなかったけれど、一歩大きく距離を詰めた氷高

が頭を引き寄せてくれたから、「嫌ってんじゃない」が嘘《うそ》ではないとわかる。

そのまま歩みを再開させた氷高は、明後日《あさって》のほうを向いて低く零す。

「あー……くそっ。なんだよ、この甘ったるいの」

ミズキの髪を撫で回す大きな手は少し乱暴でも、声が優しいからホッとする。

調子に乗ったミズキは、右手で氷高が着ているシャツの背中をギュッと掴んで寄り添い、言葉ではなく「大好き」を伝えた。

□　□　□

「……誰？」

制服姿の少年は、一歩だけ居間に足を踏み入れたところで動きを止める。氷高の隣にいるミズキを見ながら、怪訝そうな顔でつぶやいた。

声もだが、鋭い目にもハッキリと「不審だ」と表れている。

ミズキにもわかるくらいだから、当然氷高も察しているはずなのに……いつもと変わらない声で答えた。

「ミズキだ。ハウスキーパーとして、半月くらい前からここに住んでる。ミズキ、コレは弟の浩二だ」

　そして、畳に座ったまま、コレと制服姿の少年を指差す。ミズキは、心の中でだけ「知ってます」と返しておいて、頭を下げた。

「こんにちは」

「無礼な浩二とは違って、挨拶ができるイイ子だなー」

　そう笑った氷高が、ミズキの頭にポンと手を置く。すると、少年はますます眉間の皺を深くしてミズキを睨みつけてきた。

「猫がいなくなったかと思ったら、今度はハウスキーパーだぁ？　それも、住み込み……って、どんな風の吹き回しだよ。猫どころじゃなく、他人を家に入れるのを死ぬほど嫌がってたくせに。だいたいコレは、ガキだろ。俺と同じか……下手《へた》したら、中学生くらいじゃないのか？」

「そのハウスキーパーを手配したのは、お袋だろ。様子を見てこいって言われて来たんじゃないのか？　不器用で、ちょっとどころじゃなくトロい天然だが、ミズキは一生懸命やってくれてるぞ。最近じゃ、食えるものが作れるようになったし。それに、ガキに見えるが、おまえより一つ二つ年上だ」

　氷高は、ポンポンとミズキの頭や背中を軽く叩きながら、褒め言葉？　を口にする。

触れる手のぬくもりが、嬉しい。氷高がミズキを邪魔に思っていないのだと、言葉よりもハッキリ伝わってきて……胸の奥が熱くなる。

浩二は、照れくさくて肩を竦ませるミズキを指差すと、

「はぁ、コレが年上？　しかも、最近、食えるものを……ってなんだそれ」

そう言って、ジロジロと全身を観察するように眺めた。

……だ、大丈夫。今の自分は、猫ではない。耳も、手も……普通の人間と同じだし、尻尾も出ていない。

ドキドキしながら浩二の視線を受け止めたミズキは、またあの指につつかれたらどうしよう……と自分に向けられた人差し指を凝視《ぎょうし》する。

「だいたい兄ちゃん、ハウスキーパーなんていらねぇって言ったのに」

「言ったが、こうして強引に寄越しただろ。まぁ、面白ぇからいいけど。おかげで退屈しない。つーか、おまえ指を引っ込めろ。失礼な」

眉を顰めた氷高が、ミズキを指差していた浩二の手を叩き落とす。

氷高に手を叩かれた浩二は、文句を返すでもなく眉間の皺を解き……今度は、不思議そうな顔になった。

「……？　さっきから、なんか噛み合わないんだけどさ。おれ、ハウスキーパーがどうとかなんてお袋から聞いてないけど。今日来たのも、見合い写真をコッソリ置いてこいって言わ

れただけで……」

訝しげに話していた浩二の語尾が小さくなり、二人分の視線がミズキに集まる。

黙ってやり取りを聞いていたミズキは、心の中で「あれ？　なんか、まずい？」と、つぶやいた。

その声が聞こえたかのように、浩二がこれまで以上に声を低くする。

「誰だ、オマエ」

これは、わかる。明らかな『警戒』だ。ミズキを睨んでいる目も、敵を見ているみたいに鋭い。

どうしよう。どうしたら……この場を切り抜けられるだろう？

炎と雷の二人から、危機を脱する方法を習ったけれど、これはどのパターンにも当てはまらない。

どうしよう、どうしよう、どうし……そうだ、あの呪文！

焦りながら思考をグルグル巡らせていたミズキは、ようやく神様から授けられた呪文の存在を思い出して、コクンと喉を鳴らした。

「僕はっ、ゆーいちのハウスキーパーで……アヤシイ人じゃないですっ。だから、気にしないで大丈夫！　……モフなシッポのラブリー呪術で、ニャンとかニャれ！」

両手を握り締めてギュッと目を閉じると、一息で言い放つ。

シーン……と沈黙が広がり、空気の流れも、時間まで止まってしまったみたいな静けさが満ちる。

誰もなにも言わないまま、数十秒が経ち……息苦しくなったミズキは、詰めていた息をそっと吐きながら恐る恐る瞼を開く。

一番に目が合ったのは、氷高だった。たった今夢から醒《さ》めたばかりのように、不思議そうに瞬きを繰り返している。

「あー……っと、なんだったか。だから、ミズキはそれなりに頑張ってるから、大丈夫だって話……だったよな？」

氷高は、自分自身にも確かめているみたいな口調でそう口にすると、最後に浩二へと疑問を投げかける。

浩二は、氷高と似た表情で首を捻りながら自分の頭を掻いて「そんな話だっけ？」と、つぶやいた。

「まぁ、兄ちゃんがそう言うなら……いいけどさぁ。ますます婚期が遠のくって、お袋は嫌あな顔しそう」

「うわ、想像させるんじゃねーよ。余計なお世話だ。そう煩わしいものじゃない。猫を飼ってるみたいなもんだ。少なくとも、猫よりは役に立ってくれるしな。診療所に通院するジジババにも、素直で可愛い孫って感じで……大人気だぞ」

よ、よかった。うまく誤魔化せたみたいだ。

やっぱり神様はすごい！

大きな危機を脱したことを確信したミズキは、ほー……っと深く息をついた。脱力して気を抜きそうになったが、「ダメ！」と顔を上げる。

せっかく氷高がハウスキーパーとして頑張っていると言ってくれたのだから、それなりに仕事をしているところを見せなければ！　と、気を奮い立たせた。

「お茶かコーヒー、用意しますっ。浩二さまが持ってきてくださったお菓子も、お皿に移しますねっ」

立ち上がったミズキと入れ違いに、浩二が畳に腰を下ろす。

氷高は、急ぎ足で居間を出ようとしたミズキの背に「待てミズキ」と呼びかけてくる。ピタッと足を止めて振り向いたミズキに、ひらりと手を振った。

「過剰な気遣いは不要だ。あと、浩二『さま』なんて呼び方をしなくていい。こいつには缶コーヒーを出しておけ。皿もいらねーぞ。シュークリームなんだから、手掴みで上等だろ。皿洗いの手間を増やすな」

「……まるっと異論はないけど、相変わらずぞんざいな扱いだよな」

浩二は少しばかり不満そうな顔をしていたが、氷高に「拗《す》ねるな」と笑われて、唇を引き結ぶ。

微笑を浮かべたミズキは、仲のよさそうな兄弟に「少しだけ待っててください」と言い残すと、早足で台所にある缶コーヒーを取りに行った。


台所で夕食後の片づけをしていたミズキは、玄関先から聞こえてくる音に耳を澄ませた。

浩二を最寄りの駅まで送ると言って出た氷高が、帰ってきたに違いない。

エプロンで濡れた手を拭きながら廊下に出ると、やはり氷高が玄関を上がったところだった。

「お帰りなさい悠一さん。お茶、淹れますね。ほうじ茶でいいですか?」

「ああ」

返事を確かめておいて、「少しだけ待ってください」と台所に引っ込む。

電気ケトルでお湯を沸かしながら、ティーバッグのお茶を耐熱ガラスのティーポットに用意して……湯呑みをトレイに並べる。

ポットを湯で満たして、抽出する時間を待つ間に居間へと運んだ。

「熱いですから、気をつけてくださいね」

ガラスのポットは透明だから、きちんと抽出されていることを目で確かめることができる。

氷高の目の前で湯呑みに注ぐと、そっと手元に差し出した。

「いきなり押しかけてきた浩二の世話までさせて、悪かったな」

「いえ、僕は悪いなんて少しも思っていませんっ！　悠一さんの、ハウスキーパーですし。炊き込みご飯、失敗しなくてよかった……とは思いますが。お味噌汁は、ちょっと薄かった……ですよね」

ここで夕飯を食べると言い出した浩二に、当初氷高は難色を示したのだ。ただ、浩二がイジワルな笑みを浮かべて「そんなにこのハウスキーパーが頼りないのか？」とミズキを指差すと、渋々ながら「好きにしろ」と言い放った。

ミズキは、緊張のあまり失敗するかとドキドキしたけれど、佐川が教えてくれた鶏の炊き込みご飯は予想よりずっと美味しくできてホッとした。佐川には、しっかりとお礼を言わなければならない。

少し薄味の味噌汁も、浩二は無言で箸《はし》を動かしてお椀《わん》の中身をすべて平らげてくれた。

「駅までの道中も、ムスッと黙り込んでたぞ。おまえの粗探しをするつもりだったようだが、予想外に飯がうまかったんだろ。味噌汁も、濃いよりはいい」

「僕……浩二さんに嫌われていますか？」

仲間の猫や人間に嫌われるのは、慣れっこだ。でも、氷高の弟に嫌われてしまうのはなんだか淋《さび》しい。

しょんぼりとつぶやいたミズキの頭を、氷高はグシャグシャと撫で回した。

「気にするな。あれはガキの嫉妬っつーか独占欲だ。兄貴……俺をおまえに取られたみたいで、気に食わないんだろ。おまえが睨まれたのは、あいつを甘やかしてきた俺のせいだな」

「すごく、仲よしですよね」

「まぁ……そうだな。血の繋がりは半分だが、だからこそ、あいつも俺も少しばかりムキになって『兄弟』に拘《こだわ》るのかもなぁ」

血の繋がりは半分？

人間の言葉は難しい。勉強不足なミズキには、その言葉の意味がきちんとわからなくて、そっと首を傾げる。

その仕草と表情で、「わからない」と察したのか、氷高は静かに言葉を続けた。

「単純な話だ。お袋は、俺が中学の時にデカい病院の院長と再婚したんだ。前妻とのあいだに兄貴がいるんだが、晋一……で、お袋が産んだ弟が浩二。籍も入ってないことだし、一人だけ名字も別で……俺はこの家の異分子だろうと思って、高校進学と同時に一人暮らしを始めた。医者にならんのなら学費は出さんと言われたから、まぁ……無駄になるものじゃないかと思って、医師免許は取らせてもらった。おかげで職にあぶれる心配もないし、バカ高い学費を出してくれたことには感謝してる。実家の病院に入れって誘いを蹴り続けてこっちを選んだのは、恨まれてそうだけどな」

つまり、氷高の上にいる兄が『一』のつく名前で……弟が『二』で。氷高は、数えられていない。

少し難しい話だったけれど、それだけはミズキにもわかった。

そろりと見上げた氷高と、不意に視線が絡む。

なんだろう。氷高の目が……少しだけ暗い？　どう表現すればいいのか言葉を見つけられなくて、もどかしい。

「ガキに余計なことまで言ったな。失敗した」

でも、ここでなにか言わなければ……氷高の心が遠くに行ってしまうような怖さが込み上げてきて、ギュッと腕を摑んだ。

「なんだ？　同情か？　よくある話で、むしろ俺なんか恵まれてるだろ。憐れむような要素はない……」

低く笑う氷高は、ミズキを拒絶するような空気を纏っている。

自分を嘲《あざけ》るみたいな、氷高には似合わない笑みを見たくない。せっかく話してくれたことを、『失敗した』なんて一言で終わらせてほしくない。

ミズキにとって、氷高がここにいること……話しかけてくれること、それらすべてが大切なのだと伝えたい。

「ドジョウってなに？　僕にはわかんないけど……悠一さんの名前、大好き。あ、でも同じ一がつく名前なら、イチゴのほうがよかった……かも？」

「イチゴ？」

怪訝そうに聞き返してきた氷高は、さっきまでの奇妙な笑みを消していた。

ミズキはそのことにホッとして、慌てて言葉を続ける。

「だ、だって……一と二のあいだは、一と半分で、一・五……イチゴ、ですよね？　そう習ったんですけど、違う……？」

唖然《あぜん》とした顔でミズキの言葉を聞いていた氷高は……右手で顔を覆い、そっぽを向いて……肩を震わせ始めた。

「っ……ぷっ、あっはははは！　ま、間違いじゃねーよ。確かに、そのとおり……っ、イチゴかっ。ラブリーな名前……っっ」

「えっ、えっ……僕、そんなに変なコト言いましたか？」

声を上げて笑われる理由がわからなくて、ミズキはおろおろと視線を泳がせる。突如、ガシッと首に腕が回されて身体を引き寄せられた。

「ゆ、ゆーいちさ……ん？　大丈夫ですか？」

「ッ、く……くくくっ、イチゴ……って、ツボ……っっ」

氷高は、そうしてミズキを片腕で抱き込んだまましばらく笑い続けていたけれど、ようやく笑いの衝動が去ったのか大きく息をついた。

「おまえっ、やっぱりおもしれーなぁ。こんなに笑ったの、どれくらい振りだ？　あー……堪《たま》らん。腹筋が痛ぇ」

何度か深呼吸をして、ミズキの髪を掻き乱す。

触ってくれるのは嬉しいけど……ずっと長い腕が絡みついていたから、ちょっとだけ苦しい。

「わざとらしくウルウルした目で、可哀想《かわいそう》……みたいに言う女には、慣れてるんだがなぁ。爆笑させられたのは初めてのパターンだぞ」

言葉を切った氷高は、笑いすぎて涙出ただろ……と、手の甲で目尻《めじり》を拭っている。

見上げたミズキの目に、涙の雫《しずく》らしきものが映り……反射的に舌を伸ばした。

「ッ……おい」

「あっっ、ごめんなさい。なんか、ついっ」

そうだ。人間は、こんなふうに舐めてはいけなかった！

驚いた顔の氷高に、もう一度「ごめんなさい」と繰り返す。すると、ミズキの肩を抱き込んでいる氷高の腕にグッと力が増した。

「犬猫じゃあるまいし、簡単にこんなことするな。勘違いしたエロオヤジに、怖いコトされるぞ」

苦いものを含んだ、低い声……？　氷高が口にした言葉の意味は、なに？

聞き返そうと顔を上げると同時に、視界が真っ暗になった。

「え……っっ？」

直後、ふわりと唇に……やわらかなものが触れる。

怖いコト？　これが？

全然、怖くない。逆に、優しくて……あたたかくて、胸の奥が甘いものでいっぱいになっている。

でも、どうしてこんなふうにする？

心地いい感触はすぐに離れて行ってしまい、キョトンと目を見開いたミズキと目が合った氷高は、眉間に皺を刻む。

険しい表情のまま顔を背けて、

「なにやってんだ、俺。……悪い」

と低い声でつぶやくと、ミズキを抱き寄せていた腕の力を抜いた。

どうして、悪いなどと言うのだろう。ミズキは、全然悪いコトをされたなんて思わないのに。

「悠一さん？」

こっちを見てほしくて、シャツの袖口を摘《つま》んで軽く引っ張る。

それでも氷高はミズキを見ようとせず、

「気にしてない……か。そっか、おまえにとっては挨拶だよな」

と、自分に言い聞かせるようにつぶやいて、大きく肩を上下させた。

「風呂だ。ちょっと、頭を冷やしてくる」

ミズキは、そう言って立ち上がろうとした氷高の腕を咄嗟にギュッと摑んで、引き留める。

「ごめんなさい！　まだお風呂の準備ができていなくて」

「いい。湯を張りながら入る」

「でもっ」

氷高は慌てるミズキの手を離させると、「気にするな」と言いながら頭をポンと叩いて、畳から腰を上げた。

廊下に出るまで、一度も目を合わせてくれなくて……居間に残されたミズキは、自分のなにが悪かったのだろうと畳の目をジッと見詰めながら考えた。

やはり、涙を舐めたのがダメだったのだろうか。

犬猫じゃないいんだから……と苦い口調で言われたし、万が一ミズキが猫だと勘付かれたら嫌われて追い払われる？

「き、気をつけなきゃ。絶対、気づかれちゃダメだ。神様の呪文、あと一回しか使えないんだから……」

最初の一回は、氷高に。今日、二回目を浩二に。

三回しか使えないと言われた呪文を、既に二回使っている。残りの一回は、もっと危機が迫った時のために大事にしなければならない。

嫌われたくない。追い払われるのは嫌だ。

神様の言っていた一ヵ月の残りは、あと半分くらい。人間の姿でいられるあいだは、ギリギリまで氷高の傍にいたい。

「悠一さん……も、名前も、好き。ホントに、全部好きだよ。猫だった時より、ずっと……もっと好きになったみたい」

ミズキは、手つかずのままのお茶が入った湯呑みを見詰めながら、氷高の耳には届かない「好き」を繰り返した。

《五》

七つある曜日の中で、ミズキは日曜日が一番好きだ。氷高《ひだか》の仕事がお休みだから、朝から夜までずっと一緒にいられる。

この前の日曜日は、氷高と一緒に庭の草むしりをした。

大きなバッタを見つけて思わず飛びかかったミズキに、氷高は「猫かよ」と笑い……ちょっとだけ慌ててしまった。

焦ったミズキは、「猫じゃないよっ。ミズキだよ」と言い返して、氷高はいつものように「わかってるっつーの」と笑いながら髪を撫《な》でてくれた。

独り言のように、「猫が悪いとは言ってないだろ」とつぶやくものだから、つい調子に乗って聞いてしまったのだ。

「もし、もしもだよ？　僕が本当に猫だったら、どうする？」

などと。

氷高は笑みを消すことなく、

「おー？　猫でもカワイーかもな。うちにいた猫に、やっぱりなんとなく似てるしなぁ」

そう言って、両手でミズキの髪をグシャグシャにして……嫌な顔をされなかったことに、ホッとした。

「今日は、どうしよう？　悠一《ゆういち》さんの車、洗うのでもいいな。水は苦手だけど、庭に水撒《みずま》きした時、悠一さんがホースで作ってくれた虹……すごくキレイだった」

これからの時間に思いを馳《は》せながらうきうきと食後の片づけをしていると、朝食を終えて台所を出て行ったばかりの氷高が再び顔を覗《のぞ》かせた。

「ミズキ、なくなりそうなものや必要なものがあれば言え。あとで買い出しに行くが、忘れないようにメモを取っておく」

「あ、はいっ。冷蔵庫……確認します」

ミズキがうまく字を書けないことを知っているから、口で伝えたことを氷高が書き記してくれるのだ。

水を止めると、濡《ぬ》れている手を急いで拭《ふ》いて冷蔵庫を開けた。

「バターはあるみたいですが、ジャムと……ハム、卵もなくなりそうです。葉っぱ、じゃなくて、えっとサラダ……は」

「サラダセットは新鮮なほうがいいから、一日おきに近所のスーパーで買えばいい。あ、コイツは？　……一応、リストに入れておくか」

ミズキの脇から手を伸ばした氷高が、ミルクのパックを持ち上げる。

重さで残り少なくなっていることがわかったのか、左手に持っているメモ用紙にペンで書き記した。

「近くのスーパーでも、いいですけど」

「そこだと、乳糖を抜いた牛乳は一種類しかないだろ。デカいショッピングセンターには、変わったメーカーのやつもある。おまえがあんまりうまそうに飲むから、冷蔵庫に欠かせないアイテムになったなぁ。っと、そろそろ冷蔵庫に怒られるか」

笑ってそう言った氷高が、冷蔵庫の扉を閉める。

右手を冷蔵庫について、左手は扉の取っ手のところにあって……まるで、氷高の両腕の中に包み込まれているみたいだ。

氷高の左手にあるメモ用紙、『ミルク』の文字を目にしたミズキは、堪《たま》らない嬉《うれ》しさと泣きたくなるような胸の痛みと……不可解な感情が込み上げてくるのがわかった。

「ミズキ？　泣きそうな顔して、どうした」

きっと変な顔になっているのに……氷高に見られてしまったようだ。

なにか答えなければと首を捻《ひね》ると、思いがけない近さに氷高の顔があった。

「あ……の、なんでもない……です」

「っても、そんな……いつも天真爛漫《てんしんらんまん》って感じのオマエがそんな顔してると、気になるだろうが」

「そんなに、変……ですか？」

……どうしよう。

氷高に、変だと思われてしまったかもしれない。でも、どう言えばこの場を繕うことができるのかわからない。

猫だったら、誤魔化《ごまか》すのにペロリと舐《な》めたりできるのに……今の自分がそんなことをしたら、また「犬猫じゃないんだから」と眉《まゆ》を顰《ひそ》められてしまうだろう。

先日、同じことをしてしまった時の氷高は嫌そうな……険しい顔をしていた。もう、あんなふうにしてはいけないと自分を戒める。

「変っつーか……ああ、なんなんだコレ。ガキ……それも男に血迷いそうになるとか、ありえねー……。このあいだから、どうなってんだよ俺は」

ミズキの肩に頭を置いた氷高は、どこか苦しいような声で小さく口にする。肩も、背中にも氷高のぬくもりが伝わってきて、心臓がやけに鼓動を速くした。

どうして、こんなにドキドキしているのだろう。走ってもいないし、なにかが怖いのでもないのに？

戸惑いに目を泳がせたミズキ視界の隅に映る、冷蔵庫のところにある氷高の手が……グッと握り締められる。

「チッ、悪い。居間にいる。他にもなにかあれば、言いに来い」

氷高は深く息をついて、冷蔵庫から両手を離す。

肩や背中にあった氷高のぬくもりも離れていってしまい、途端に全身を包む寒さに肩を震わせた。

「あ……」

大きな背中に向かって思わず手を伸ばしかけたけれど、氷高はミズキを振り返ることなく台所を出て行く。

「ゆー……いち」

ぽつりとつぶやいた自分の声は、これまでになく頼りない……泣きそうなもので。

大好きな人の名前なのに苦しいなんて、どこかおかしいのだろうかと不安になりながら、行き場を失った手を握り締めた。

□□□

ショッピングセンターではいつもと変わらなかったのに、氷高は買い物から帰ってきてからなんだかおかしい。

「晩ご飯、どうしますか？」

「あー……どっかで買ってくればよかったな。簡単なモノでいい。そうだな……お好み焼きか、焼きそばだ」

「はい。ソース、買ってきましたから……どちらでもできます。あ、でも焼きそば用の麺《めん》がないかも」

「じゃあ、お好み焼きだ。豚玉」

「わかりました」

買ってきた食材を冷蔵庫に入れたり、ストッカーに仕舞い込んだりしながら、夕食の話をしていても……やっぱり、なんとなく変だ。

少しだけよそよそしい雰囲気でも、ミズキが話しかけるときちんと答えてくれる。だから最初は、その違和感の正体がわからなかった。

でも、

「ミズキ、これは冷蔵庫のほうがいい。ぬるいのは飲めねぇだろ」

「はいっ」

呼びかけられて振り向き、氷高の手から野菜ジュースのパックを受け取って……そこでようやく、薄っすらと感じ取った。

目を……合わせてくれないのだ。

家に帰ってから、いや……ショッピングセンターで買い物をしていた時も、一度もきちんとミズキの顔を見てくれない。

「あの、悠一さ……」

氷高を見上げて名前を呼びかけたミズキと視線が絡みそうになり、露骨に顔を背けたことで確信した。

「悠一さん？」

「久々に人の多いところに出たら、妙に疲れたな。歳《とし》ってことかぁ？　ちょっと部屋で昼寝するから、晩飯の準備ができたら声をかけてくれ」

「……はい」

やはり、目を合わせてくれないまま台所を出ていってしまう。

話はしてくれるから、無視されているわけではない。でも、あんなふうに目を逸《そ》らされると……淋《さび》しい。

「僕、なにか変なコトしちゃったかなぁ」

神様に人間の姿をもらって半月以上が経つけれど、未《いま》だに『普通の人』として振る舞えているかどうかわからなくて、不安になる。

ぼんやり思い悩んでいると、ピーピーと電子音に扉を閉めるよう促される。急いで扉を閉め、「ごめんなさい」と冷蔵庫に頭を下げた。

ぽつんと冷蔵庫の前に立ち尽くしたミズキは、夕食の支度《したく》にかかるまでなにかすることはないかと考えて……庭の掃除でもしようと玄関に向かう。

広い庭には木が多いから、葉っぱがたくさん落ちるのだ。頑張って掃除をしても、次の日にはまた掃除をしなければならない状態になる。

氷高は、庭を手入れする専門の業者が来るから放っておいていいと言うけれど……ミズキはハウスキーパーなのだから、そんなわけにはいかない。

「それに、庭を掃除する業者さんは、ちょっと苦手だな」

自分のドジが主な原因とはいえ、猫だった時にこの家から離れてしまうことになった経緯を思い出して憂鬱《ゆううつ》な吐息をつくと、靴を履いて玄関を出た。

庭の隅にある道具箱から箒《ほうき》と塵取《ちりと》りを手に取り、大きな樹の傍《そば》に歩を進める。ふと顔を上げたミズキの目に、門扉のところに立っている二つの人影が飛び込んできた。

「あ……炎《エン》、雷《ライ》！」

ミズキの様子を窺《うかが》うため、定期的にここを訪れるのはたいていどちらか一人だけで、二人が揃《そろ》ってやってくるのは珍しい。

それが嬉しくて、ミズキは箒を握ったまま跳ねるような足取りで二人に駆け寄った。

「よう、チビ猫。そろそろ腹が減っただろ」

「尻尾《しっぽ》を出すことなく、うまくやっているみたいだな。トロいドジ猫かと思っていたが……

見直した」

門扉越しに話しかけてきた炎と雷を交互に見遣《みや》って、胸を張る。

「ご飯も作れるようになったんだよ！　全然失敗せずにできるのは……三つくらいしかないけど」

話している途中で、もしかしてあまり自慢できない？　と気がつき、少しずつ声が小さくなってしまう。

門扉を開けて庭に入ってきた炎と雷は、

「ま、まぁ……元が猫なんだから、それでも上等だろ」

「ミズキにしては頑張ってると思う」

と、左右の肩を叩《たた》いてくれる。

どうやら、彼らなりに励ましてくれたようだ。

そんな二人の気遣いが嬉しくて、「えへへ、褒《ほ》めてもらった」と仄《ほの》かな笑みを滲《にじ》ませた。

少し沈んでいたけれど、元気になれそう……と思ったところで、意外にも鋭い炎に突っ込まれてしまう。

「んー？　なんか、元気がないな。どうかしたか？」

「そ、そうかな。なにもないけど」

笑いながら勢いよく首を左右に振ると、雷の手に頭を摑《つか》まれて動きを止められた。近いところから、ジッと顔を覗き込んでくる。

「作り笑いは似合わないんだから、やめろ。下手《へた》な誤魔化しだ。……ゆーいちとやらに、いじめられているんじゃないだろうな」

「まさかっ。悠一さんは、すごく優しいよ。僕をいじめたりなんか、しない」

とんでもない誤解をされそうになってしまい、急いで「そんなこと絶対ないから」と否定する。

ジッとミズキの顔を見下ろしていた雷は、その目に嘘《うそ》がないことを確かめたのか「それならいい」と手を離した。

「雷はクールを装っていながら、ミズキが心配で堪んないんだよな？」

「人間に、猫又だとバレたら大変だろう。無防備で単純なミズキだと、なにがあっても不思議じゃないんだ」

「まったまたぁ。雷は素直じゃないよな。オレがここに来るたびに、ミズキはどうだった……って、うるさいくらい聞いてくるし。そんなに気になるなら自分で来ればいいのに、変な意地張ってさぁ」

奇妙な笑みを浮かべてそう言った炎の頭を、雷は無言でゴツンと殴《なぐ》った。

驚くミズキをよそに、二人は息の合った言い合いを始める。

「殴んなよっ。バカになったらどうする」

「それ以上バカにはならないだろう。ミズキと同じくらい、単細胞なんだから……適度な刺激で、逆に活性化するんじゃないか？　礼を言え」

「ふざけんなよ。ちょっとばかりオレより頭のデキがいいからって、いっつもバカにしやがって。言っておくが、運動神経はオレのほうが上だからな。次に獣姿で散歩中に保健所のムカつく野郎に追いかけられても、助けてやらねーぞっ」

「あんな見え見えの罠《わな》や、走って追いかけるしか能のない間抜けな人間に捕まるものか。おまえこそ、拾った菓子の箱の開け方がわからなくてもおれに聞くなよ。パッケージごと食えばいいんだ」

「かーっっ、マジでムカつくなっ。おまえみたいに嫌味なヤツと双子《ふたご》だなんて、オレってカワイソウ！」

「はっ、おれのほうが不幸だ。おまえと同じ顔をしているせいで、名前を間違えられたりして……こんな単細胞と同一視されるなど、屈辱としか言いようがないな」

言葉を切って、ギリギリと睨《にら》み合っている二人のあいだに、ミズキは恐る恐る腕を差し込んだ。

「あのぅ……兄弟ゲンカはそれくらいにしない？　仲がいい証拠だと思うけど……」

「仲よくなんかねーよっ」

「仲よくないぞっ」

示し合わせたようなタイミングで同じことを口にした炎と雷は、ハッとした表情で顔を見合わせて……同時にそっぽを向いた。

……やっぱり気が合っていると思う。ミズキから見れば、充分に仲よしだ。

「兄弟、かぁ。悠一さんも、弟さんと仲よしだったたな。僕には……兄弟っているのかなぁ？」

もしいたとして、猫又なのか、違うのか。

神様は、ミズキは見た目よりずっと長く生きていると言った。兄弟が普通の猫なら、きっと年老いて……寿命が尽きかけている。

親兄弟の記憶が全然ないミズキには、『もしもいたら』と想像するしかない。

「お、おい……しょんぼりするな、ミズキ。そうだっ。特別に、オレを兄貴だと思ってもいいぞっ！」

「ふん、頼りない兄貴だな。……兄には、おれのほうが適任だろう」

せっかく落ち着きかけたと思っていたのに、炎と雷はまたしてもギリギリと睨み合いを始めてしまう。

原因が自分なら、なんとかして止めなければ。

「炎と雷……二人とも、お兄さんって思っちゃダメかな？　僕、いっぱい兄弟がいるのが嬉しいな」

ねぇ？　と、二人を交互に見て笑いかける。

大きなため息をついた炎の手が伸びてきて、ミズキの髪をクシャクシャと撫で回した。

「……しゃーねぇな。甘えん坊め」

「ミズキがそう言うなら、それでもいいだろう」

そう言った雷は、炎に乱されたミズキの髪を指先で整えてくれる。

最初は怖くて、ビクビクしていたけれど……二人とも、本当はすごく優しいのだ。炎に噛《か》みつかれそうになったのは、不用意に神様の庭に入ったミズキが悪かった。

結果として、こうして人の姿にしてもらえて氷高のところに来ることができて、炎と雷の二人と仲よくなれて……ものすごい幸運だったと思う。

なのにミズキは、もっともっと欲張りになってしまった。このまま、ずっと……氷高といられたら幸せだなんて、過ぎた望みが顔を覗かせてしまう。

「炎、雷……神様が言ってた、清く深き愛情ってなんだろう？　目に見えるもの？　それなら、どうしたら見えるのかな」

人の姿をもらった時に、神様が言っていたのは……確かそれだ。ミズキが憶《おぼ》えているのが正しければ、

『清く深き愛情で真実のおまえを受け入れる人間が現れたならば、真に人の姿を得られるだろう。人の愛情と、本来おまえが持っている力が調和して、望みが同じであれば……』

……と、そう教えてもらった。

ただ、ミズキは『清く深き愛情』がどんなものか知らない。人の愛情というものを、どう計ればいいのかも……。

神様の力で人の姿を保っていられる期間は、もう半分以上過ぎてしまった。

もっと氷高のことを知りたいし、傍にいて猫ではできないことをして役に立ちたいのに……もう少しで猫に戻ってしまうかもしれない。

期間限定ではなく人の姿を得られる方法があるのなら試したい。でもミズキでは見当もつかない。

「キヨキ愛なんてものは知らん。深い……ねぇ。手っ取り早く、エッチしちゃえばいいんじゃね？　少なくとも、カラダの深い関係はできるぞ」

「……えっち」

炎と雷の使う人間の言葉は、時々すごく難しい。

氷高のところを訪れる前にたくさん習ったし、ここに来てからもできる限り勉強をしたつもりだけど……未だにわからない言葉がある。

ミズキが悩んでいると、雷が炎の肩を強く叩いた。

「炎っ！　子供になんてことを言うんだ」

「いてぇっ。ミズキはガキでチビ猫だけど、実際は子供じゃないだろー？　むしろ、猫としてはヨボヨボのジジイって歳だぞ」

「そういう問題じゃない。年齢云々《うんぬん》ではなく、精神が子供だと言っているんだ。世間知らずで、無垢《むく》で……おまえみたいに、世俗の垢《あか》に染まっていない」

「垢だとっ？　それを言うなら、雷こそ似たようなものだろっ。バーとかクラブで逢《あ》ったおねー様に、泊まるところがないならうちにいらっしゃい……とかって、持ち帰られまくってるくせに！　スカした面《つら》して、エロ年上キラーめっ」

「教養深く艶《つや》のある、大人《おとな》の女性が好みなだけだ。おまえみたいに、軽く声をかけてくる尻軽《しりがる》……失礼、考えなしの奔放なお子様女子には興味がない」

ああ……またしても、口ゲンカというコミュニケーションが始まってしまった。

おろおろと視線を泳がせながら、どう宥《なだ》めよう……と悩むミズキの腹が、タイミングよくグゥと鳴る。

「あ……ごめん。おなか、鳴っちゃった」

首を竦ませて謝ったところで、またグルグルと恥ずかしい音を響かせる。

氷高と買い物をしている途中で、休憩を兼ねた昼食を済ませている。だからこれは、物理的な空腹ではない。

炎と雷も、それがわかっているのだろう。

「スゲー音だなぁ。悪ぃ。そろそろエネルギー不足だろうと思って、『気』の補充に来てやったんだった」

「炎が余計なコトを言うから……おいで、ミズキ」

短く息をついた雷が、両手を広げる。

コクンとうなずいたミズキは、見えない糸に手繰《たぐ》り寄せられるように、ふらりと雷の腕の中へと収まった。

指先で髪を撫でられ、顔を上げて……唇《くちびる》を触れ合わせる。触れ合ったところから、精気が流れ込んできて身体《からだ》に満ちる。心地いい。

慣れた、『気』の補充……食事だ。

「あ」

「ん？」

雷の『気』を分けてもらっている途中で唐突に身体を離したミズキに、不思議そうに首を捻った。

「どうかしたのか？」

クシャクシャと髪を撫でられても、ミズキは動けない。

少し前……氷高も、こんなふうにミズキに唇を触れ合わせた。でも、あれは『気』の補充ではない。

こうして、空腹が満たされるのではなく……全然種類の違うもので、胸の中がいっぱいになった。

それがなにかは、ミズキにはわからない。

ただ、炎や雷との『食事』とは違うのだと……自分にとってもたぶん氷高にとっても、別の意味があることは確かだった。

「ミズキ？　そんなんじゃ足りないだろ。今度は、オレのを分けてやろっか」

「炎……」

顎《あご》の下に指を入れられて仰向《あおむ》かされ、炎の唇が重ね合わされる。

全身に『気』が満ちていくのはわかるけれど、氷高に触れられた時みたいに心臓が苦しくなったりしない。

「……ミズキ！」

「っっ！」

ぼんやりとしていたミズキは、少し離れたところから自分の名前を呼ぶ低い声にビクッと身体を震わせた。

慌てて炎から一歩離れて振り返ると、家のほうから険しい顔の氷高がこちらに向かってくるのが見えた。

大股《おおまた》で庭を横切り、あっという間にミズキの傍までやってきて肩に手を置いた。

「なにをしている。……彼らは？」

感情を押し殺したような低い声で言いながら炎と雷を交互に見遣る氷高は、この前の、ミ

ズキを睨んでいた浩二《こうじ》の目よりもずっと鋭い眼差《まなざ》しだ。

炎と雷はチラリと視線を交わし、見事なタイミングで同時に背を向けた。

「じゃ、オレらはこれで。またな、ミズキ」

「うまくやっているようだと、お伝えしておく」

雷の一言は、神様に報告をする……という意味だろう。氷高がいるから、「神様に」と言えなかったに違いない。

「あ……っ、炎も雷も、ありがと」

二人はミズキの言葉に振り返ることなく、それぞれ右手と左手を上げて一度だけ大きく左右に振ると、神社の方向へと歩いて行った。

狛犬《こまいぬ》の彼らにとって、あれは尻尾を振っているのと同じ意味だ。またな、という親愛の情を表している。

二人が歩いて行った道の向こうをぼんやり見ていると、グッと強く肩を掴まれる。ハッとしたミズキは、慌てて氷高を見上げた。

「悠一さん、あの……？」

「あの二人はなんだ？　ずいぶんと親しそうだったな」

笑みのない、険しい顔をした氷高に尋ねられ、問答集を頭から引っ張り出す。

この質問にどう答えればいいのかは、二人と予習した。

「昔からの、長いおつき合いの友人です。友人というより、お兄さんみたいで……頼りになる存在です」

だから、きっと……これで間違えていない。大丈夫。

そう楽天的に考えていたのに、ミズキの答えを聞いた氷高は、ますます眉間《みけん》の皺《しわ》を深くしてしまう。

「オマエは、兄貴とキスするのか？　俺は、浩二とそんなことをしようと考えたこともねーなぁ」

「あっ、僕たちの育った国では、挨拶だから……それだけです」

あの『気』の補充は、人間たちが『キス』と呼ぶものか。そう言われたら、挨拶だと返せばいい……と、教えられていたはず。

これで、氷高の眉間に刻まれた皺が解かれる……と期待していたのに、ミズキを見る氷高の目は鋭いままだった。

肩にある手からも、力を抜いてくれない。指が食い込んでいる。

「挨拶にしちゃ、ずいぶんと濃厚だったんじゃねーの？　オマエが、誰とどうしようが……俺には関係ないな。こんなに、ムカムカする理由もない……どうでもいいって頭では思うのに、チッ、なんだコレ」

苦しそうに、喉《のど》から声を絞り出している。

氷高がこんなふうに苦しそうなのは、自分のせい？　炎や雷から、『気』をもらってはいけなかった？

どうすれば氷高の眉間の皺が消えるのか、全身に纏《まと》っている暗い影のような空気を吹き飛ばせるのか……わからなくて、ミズキは必死で氷高を見上げた。

「ゆ、悠一さんが嫌なら……僕、もうしない。炎や雷じゃなくてもいいんだ。もう、やめるからっ！」

必要な『気』の補充は、炎や雷から分けてもらう以外にも手段はあると聞いている。

ただ、ミズキはネズミなどの小動物や虫を捕まえて『気』を奪うのが怖くて……申し訳なくて。

炎と雷に甘え、一番簡単な方法に逃げていただけだ。

「どういう意味だ、それ。誰でもいいって……？」

冷たい目でミズキを見下ろしている氷高は、感情の窺えない淡々とした低い声で聞き返してくる。

ミズキは曖昧《あいまい》に首を振り、どう答えればいいのか迷った。

誰でもいい……わけではないと思う。氷高とも唇を触れ合わせたけれど、『気』は流れ込んでこなかった。

きっと、自然界にいる動物とか……炎や雷みたいな、神様の眷属《けんぞく》とか？　なにかしら、条

れた。

「誰でもいいなら、俺でもいいってことだろ？」

「それは、僕には……」

件があるはずだ。

「え……、ぁ！」

氷高が零《こぼ》したつぶやきの意味を解せないまま、グッと両手で頭を挟み込まれて唇を重ねられた。

空腹を満たすことが目的のミズキとは違い、人間の『キス』は親愛の情を表すために触れることのはずだ。

だから、この前も今も、怖い顔をしていても……触れてくる氷高は、ミズキを嫌ってはいないという証拠。

氷高はピリピリとした空気を漂わせてるけれど、突き放されないだけで嬉しくて、そろりと背中に手を回した。

やんわりとした、優しい感触……じゃ、ない。この前と、違う？

「ッ、ん……んっっ？」

重なっていた唇のあいだから、あたたかくて濡れた感触が口に中に潜り込んでくる。

驚くミズキの舌を追いかけ、吸いついて……息ができない。

氷高の背中に回した手でシャツを握り締め、身体を捩《よじ》って息苦しさを伝えると、ようやく唇が解放された。

「ぁ、は……っ、苦し……ぃ」

　ぐったりと氷高に身体を預けて、ゼイゼイと荒い息を繰り返す。涙が滲み、目の前が白く霞《かす》んでいた。

「ッ、ああ……庭だったな。……中に入るぞ」

　ポンと軽く背中の真ん中を叩かれて、コクコクとうなずく。歩かなければ……と思うのに、足が動かない。

「っ、あ……」

「バカ、なにやってんだ」

　なんとか動こうとしたけれど、膝《ひざ》がカクンと折れそうになって転びかけたミズキを、氷高の腕が受け止めてくれる。

　呆《あき》れた声で「トロいな」と言いながら、ひょいと肩に担ぎ上げられた。

「ゆ、悠一さん。重くないっ？　猫じゃないのに……っ」

　猫だった時と、同じ抱き上げ方だ。でも、今の自分は猫の数十倍もあって……重いに決まっている。

　そう焦るミズキに、氷高はククッと肩を震わせて低く笑った。

「そりゃ、猫よりは重いけどなぁ。おまえくらい、軽いもんだ。落としたら危ないから、暴れんなよ」

「は……い」

少しだけ笑ってくれたこと。

声が、和らいだこと。

それにホッとしたミズキは、氷高の肩に担ぎ上げられたままの体勢で身体の力を抜いて、目を閉じた。

やっぱり、氷高の肩は居心地がいい。大好きなぬくもりが伝わってきて……胸の奥が、ほこほことあたたかくなる。

ゆーいち、大好きだよ……と。

心の中でつぶやいて、氷高の着ているシャツを両手で握り締めた。

《六》

氷高の寝室には、猫だった時に何度か入ったことがある。

ただ、ハウスキーパーとして人間の姿で押しかけてきてからは、

「掃除？　俺の部屋は放っておけ」

と言われていたから、足を踏み入れたことがない。猫の視点で見る時とは当然ながら違っていて、少し不思議な感じだった。

窓のすぐ傍にあるベッドは、人間のミズキだと膝くらいの高さがある木製のものだ。廊下も同じような濃い茶色だし、この家にピッタリだと思う。

氷高は、ミズキを担いだまま部屋に入る。そっとベッドの端へと下ろされて、目の前に立っている氷高を見上げた。

「嫌がらないんだな。全然、ビビッてねーし……こういうの、慣れてるのか？」

「嫌……？　では、ないです。悠一さんだし……」

話しながら、大きな手で頬《ほお》を包まれる。氷高に触れられるのが嬉しくて、ミズキは思わず目を細めた。

「俺だから？　計算しての言葉じゃないなら、天然のタラシだな。ジジババだけじゃなくて、俺みたいなオヤジにも効果的だ」

「悠一さんは、オヤジじゃないと思いますけど……？　だって僕のお父さんじゃないし、なにより、若いですよ？」

オヤジというのは、父親の呼称だったはず。氷高はミズキの父親ではないのだから、その言葉は当てはまらないのでは。

俗称的に、中年の男性に使われることも知っているけれど、どちらにしても氷高にはそぐわない。

不思議な心地で首を傾《かし》げると、氷高は苦笑を浮かべてミズキの頭を撫で回した。

「その気を殺《そ》ぐつもりで発言したなら、スゲーな。おまえがどこまで天然で、どこから計算しているのか……わかんなくなってきたぞ」

天然とか、計算とか。

ミズキには、複雑な言い回しの意味を理解するのが難しい。だから、微笑を滲ませて氷高を見上げ続けた。

視線は、逸らさない。氷高が嫌だとか見るなと言わない限り、ミズキは一生懸命『目』で好きと告げる。

「チッ、なんて目で見やがる。物知らずなガキに、メチャクチャ悪いコトをしている気になるじゃねーか。誰でもいいなんて、言われたくせに……俺だけおまえの一挙手一投足に振り回されて、バカみてぇ」

氷高は、ミズキの目の上を大きな手で隠すように覆い、ポツポツと低い声で漏らした。

悪いコト？

氷高は難しいことばかり言うけれど、そこだけは、ミズキにもわかった。

「悪くは……ないです。僕は、悠一さんに触られるの……嬉しいから」

「嬉しいとか、言うな。どんなふうにされるか、わかんねーぞ？　ベッドではすげぇサドで、縛ったり殴ったりするかもな。怖いだろ」

言葉の終わりと同時に、目の上に合った手が離された。

氷高は、きっとわざと作ったに違いない意地悪そうな笑みを浮かべて、ミズキを見下ろしている。

「なんでもいいよ？　悠一さんの、好きに……」

「バカ、ミズキ」

短いつぶやきでミズキの言葉を遮った氷高は、そっと背を屈《かが》めて……仰向いているミズキの顔に影が落ちる。

ベッドに腰《こし》を下ろしているミズキは、ピクリとも動かず、触れ合わされた氷高の唇を受け止めた。

「なんでもいい、ね。ガキだとばかり思ってたけど……いろいろ知ってるってことか。あのワルそうな二人に、なにを教えられた？」

「二人って……炎と、雷？　二人には、たくさんのことを教えてもらいましたが……」

「ッ……くそっ。聞くんじゃなかった」

吐き捨てるように口にした氷高は、もうなにも言わず……唇を引き結んで、ミズキが着ている服を脱がせる。

驚いて身体を強張らせているあいだに、手際よくシャツもズボンも、パンツも……靴下までベッドの下に落とされてしまった。

コロリとベッドに転がされて、覆いかぶさってくる氷高をぼんやり見上げた。

「悠一さん、なんで服……」

「ああ、悪い。俺だけ着込んでると、居心地が悪いか」

ミズキは、どうして服を脱がされたのか尋ねたつもりだったのに、氷高は自分が着ているシャツのボタンを外して肌《はだ》を見せる。

素肌の胸元が目前にあり、トクンと大きく心臓が脈打った。

「あの……悠一さん。胸、大きいね」

「……っ、そいつはまた妙な言い回しだな。間違いってわけじゃないが、日本語、やっぱりちょっと不自由だぞ」

感じたままを口に出すと、ずっと怖い顔をしていた氷高が仄かな笑みを滲ませた。

だからミズキは、日本語がおかしいと言われても、「よかった……」と唇を綻ばせて安堵《あんど》の息を吐く。

「萎《な》えそうだから黙ってろ」

「あ……ッ、な……に？　っひぁ！」

氷高の手が、胸元を撫で回す。

その指の腹が、皮膚《ひふ》の色が違っている部分を集中的に弄《いじ》って……ジンジン痺《しび》れるような奇妙な感覚に襲われる。

「ゃ、なんか……ヒリヒリ、する」

「指だと強いか？　えらく敏感なんだな」

これは、なんだろう。氷高の指が肌の上を移動するたびに、肌がざわついて……ピリピリする。

あまりにもあちこちが熱くて……くすぐったくて。今、どこをどんなふうに触られているのか、わからなくなってきた。

全身を強張らせて天井を見上げていると、さっき指で弄られた胸のところをペロリと舐められる。

「っあ！　ゃあ……舐めちゃ、ゃだ……ッ」

頭の芯《しん》が痺れるような奇妙な感覚が駆け抜けて、戸惑ったミズキは胸元にある氷高の頭を抱き込んで制止しようとした。

「おまえだって、俺の目元を舐めただろうが」

氷高がしゃべると、吐息が胸元をくすぐる。

そのたびにビクビクと小さく身体を震わせてしまい、自分で動きを制御できないことが怖くなった。

「でもっ、ゆーいちさんは猫じゃない……のに」

「っくく……おまえだって、猫じゃねーだろ」

笑いながらそう言った氷高は、ミズキの胸元に舌を這《は》わせながら大きな手で脇腹を撫で下ろした。

「っん！　くすぐ、った……ぁ、あっっ」

今度は腿《もも》の内側に手のひらを押しつけられて、ビクッと脚を跳ね上げてしまう。

変だ。こんな……ゾクゾクする感覚なんか、知らない。

喉を通る息も、指先までジンジン熱くて……自分がどうなってしまったのかこれからどうなるのかも、わからない。

「くすぐったい、っても……反応してるぞ。ほら、自分でもわかるだろ」

「ぇ……やっっ、なにし……て、悠……ゆーいちさんっ。ヤダ、そんなとこ触ったら……汚い、からぁ」

思いがけないところを氷高の手に触れられて、目を瞠《みは》ったミズキは瞬時にパニックに陥った。

なに？　どうして、あんなところ……触ってる？

氷高が、そんなことをしたらダメだ！　ダメ……なのに、抗《あらが》おうとする手に全然力が入らない。

そこに熱が集まり、ジンジンと痺れるみたいになっていて……氷高が指に力を入れるたびに、ビクビク腰が震えてしまう。

「ッ、う……にゃ……っっ」

泣きそうになりながら、奥歯を強く噛んで身体を捩っていると、氷高の手に肩を押さえつけられた。

「っ、こら……急に暴れ出し……おい、ミズキ？　本気で嫌がってんのか？」

大好きな氷高の低い声は、混乱するミズキの耳にもスルリと入ってくる。

震える瞼《まぶた》を開いたミズキは、ゆるく左右に首を振りながら氷高の問いに答えた。

「や、やじゃないけど……嫌だぁ」

「……どっちだよ。それじゃ、わかんねぇだろ。本気で嫌じゃないってんなら、勝手にするからな」

ふっと唇の端を吊《つ》り上げた氷高が、止めていた手の動きを再開させた。

ミズキはもうどうすることもできなくて、奥歯を噛んで身体を震わせるだけになる。

「っふ……ぅ……ッッ、ぅ～……」

「俺に触られるのが嫌ってんじゃないなら、そんなに身体をガチガチにするな。歯、噛んでないで……ほら、口開けろって」

前歯をこじ開けるようにして、氷高の指を含まされた。この指を噛んではいけないから、もう口を閉じることができない。

押し戻すことの叶《かな》わない吐息に混じり、変な声が漏れてしまう。

「ア！　ぁ……あっ」

泣くつもりなんかないのに、次々に涙が零れ落ちる。

怖い。息が……心臓も、苦しい。

なのに、身体に触っているのが氷高の手だというだけで、死に物狂いで逃げることができない。

口に含まされていた氷高の指が出て行って、濡れた目元をグイッと拭った。

「泣くほど嫌か？」

「違っう。違い、ます。ゆーいち……の手、気持ちい……」

「じゃあ素直に感じてろ」

「でも、ゃ……なんか、出……る」

なにが？

ミズキにはわからないけれど、なにか……熱の塊みたいなものが、身体の奥からせり上がってくるみたいだ。

熱の渦に巻き込まれたミズキの周りに、戸惑いと不安が一緒にグルグルしていて……なにもわからなくなる。

「いいぞ。……出しちまえ」

「ッ……ッん！」

ミズキは身体の奥深くから込み上げてくるものの正体がわからないまま、氷高の手に導かれてビクッと背中を反らした。

なに……？　目の前、チカチカした。心臓……壊れそうなくらい、ドキドキしている。耳の奥で響く鼓動が、うるさい。

「っふ……」

目の前が白く濁っていて、詰めていた息を吐きながら瞬きをすると、またぬるい涙が目尻から溢《あふ》れた。

身体中から力が抜ける。頭の中も真っ白で、無の境地だ。

猫の時も、人になってからも経験したことのない初めての感覚は衝撃的で、ミズキは呆然《ぼうぜん》自失《じしつ》の状態に落ちる。

「ミズキ？　おい……って、え……なん……だ？」

……あれ？　近くにいるはずのゆーいちの声が、どこか遠くから聞こえる。なにか、戸惑っている？

少しずつ自我を取り戻しつつあるミズキの耳に、今度はハッキリと氷高の声が聞こえてきた。

「なんだ、尻尾……耳、が？　え？」

尻尾。そして、耳。

耳はともかく、尻尾は人間が絶対に持ち合わせていないモノで……ミズキは、ビクッと目を見開いて身体を起こした。

「あ……」

氷高は、今まで見たことのない顔でミズキを見ていた。見開かれた目は「驚愕《きょうがく》」を示している。

「し、尻尾と……耳」

恐る恐る自分の身体を探ったミズキの手に、毛むくじゃらな三角形の大きな耳と、長い尻尾の感触が伝わってくる。

恐る恐る尻尾を摑み、自分の目の前に引き寄せた。見覚えのある、薄茶色の……尻尾。間違いなく、自分のものだ。

どうして……？

「ね……こ？」

呆然とした響きの氷高の声で、惚《ほう》けている場合ではないと我に返った。

ゆーいちに、見られた！　猫だと知られてしまった？

「おまえ、まさか、化け猫……ってヤツか？」

ミズキを見る氷高の頬が、強張っている。

硬直しているミズキの頭の中に、炎と雷の声が響き渡った。

『おまえが猫又だって知られたら、気味悪がられて追い出されるぞ。絶っっ対に、猫だとバレるなよ』

気持ち悪いと、思われている？　嫌われた……？

それなら、もう氷高の傍にいられない。今すぐ、氷高の前から消えなければならない。

今は啞然《あぜん》としている氷高に、気味が悪いと言われたり、恐怖や嫌悪の目で見られたりする前に……いなくなりたい！

でも、そうだ。姿を消す前に、しなければならないことがある。

「ゆ……ゆーいちは、僕のことを忘れ……って。お願い、嫌いにだけはならないで！　モフッ、モフなシッポのラブリー呪術《じゅじゅつ》で、ニャンとか、ニャ……ぁれ！」

つっかえそうになりながら、なんとか言い切る。

神様からもらった呪文は、三回目。これが最後だ。これで、氷高の記憶から『ミズキ』のことは消える……はず。

「ふぇ……ッ！」

目の前が揺らいだけれど、泣いている場合ではないと手の甲で目元を擦《こす》る。

キッと顔を上げ、跳ぶようにしてベッドを下りたミズキは、すぐ近くにあったシャツだけを羽織《はお》って氷高の寝室を走り出た。

廊下に出たところで、突如視線が低くなり……完全な猫の姿に戻ってしまったのだと自覚した。

「ミ、ズ……ッ」

一目散に廊下を走り、全身で玄関扉をこじ開けて隙間《すきま》を通り抜け……庭を駆け抜ける。そうして疾走するミズキの姿は、夕闇が隠してくれるはずだ。

脇目も振らず、人目を避けて細い路地を走り続けて、辿《たど》り着いた神社の石段を一気に駆け上がる。

石でできた門をくぐり、神様がお住まいの木造の建物が見えたところで足がもつれて、派手に転んでしまった。

手や腕、足も、あちこちが痛い。けれど、それよりもっと痛いのは……胸の奥。

……もういい。ここまで来たら、我慢しなくていい……。

「うぇっ……、うにぁ……ぅ……っく」

地面に突っ伏したままボロボロと大粒の涙を零していると、ふわりとあたたかな空気に包まれたような気がした。

ジャリっと砂を踏む音が聞こえた気がしたけれど、それきり静寂が広がる。

「ひぅ……っひっ……にぁ、みぃ……みゃぅ」

長い時間、ただひたすら身体を震わせて泣き続けるミズキを、目に見えないぬくもりがやんわり覆ってくれている。

「なぁ……おい。そろそろ泣きやめって」

「そんなに泣いたら、息が止まりそうで怖いだろう。ミズキ……」

これは……炎と、雷の声。さっきの砂を踏む音は、二人がミズキを見つけて傍に来てくれた際のものだろう。

「ミズキ」

名前を呼ぶ二人の声が、ピタリと重なっている。ペロリと左右から交互に舐められて、ゆっくりと顔を上げた。

「え、炎。雷……っ」

どちらも、黒い獣の姿だ。

地面についた自分の手も、薄茶色の毛に包まれた猫のもので……夢のような時間が本当に終わってしまったのだと、現実を突きつけられる。

「炎、雷……僕っ、ね……ゆーいちに……猫だって、知られちゃ……て。化け猫、って……ひっく」

ずっと泣いていたせいか、喉がヒリヒリ痛い。話しているうちに、また目の前が白く霞んでくる。

うつむいて、地面にポトポト涙の雫《しずく》を落としたミズキの顔を、炎と雷が大きな舌で少し手荒に舐め回した。

「あー……また。もう泣くなって。今、無理に話さなくていいからさ」

「少し落ち着け。ほら、深く息を吸って……吸ったら吐かないかっ」

そう怒りながらポンと背中を叩かれて、ケホケホと噎《む》せる。

二人は涙するミズキの傍にピタリと寄り添い、吹きつける夜の風を防いでくれているみたいだった。

「僕、なにもできなかった。ゆーいちの、役にも立てなかったし……最後はなんだか怒らせて、猫だってことまで知られて……ぅぅ……」

あまりにも自分が情けなくて、消えてしまいたくなる。こんなふうに炎と雷に慰められるのも、愚かで恥ずかしい。

「人の姿を得ることは、諦めるのか？　せっかく、猫又なのに」

これは、雷の言葉。尻尾を前脚の先で突かれて、ふわりと揺らした。

人の姿なんて……もう、望むことさえ過ぎた願いだ。

「僕、ゆーいちが猫でも可愛《かわい》いかもな、って言ってくれたから……もしかして、神様の言ってた『清くて深い愛』をもらえたのかと思ってた。でも、都合のいい思い違いだったって、尻尾と耳が出てわかった。人間になんて、なれない。……ゆーいちに……悠一さんに、望まれてないんだ」

氷高のキスは、親愛の情を示すものではなかったということだろうか。

それなら、あんなふうに氷高に触れられたことが、意味するものは……？

「やっぱり、わかんないや」

神様の言うことも、氷高の言うことも、なにもかもミズキには難しい。

ただ、氷高が好き……と、それだけではダメらしい。

「神様、このようにカワイ子ちゃんが泣いてますが……いかがお思いで？　最初から見てましたよね」

ミズキの頭を前脚でポンポンと叩いた雷が、少しだけ厳しい口調で神様に呼びかけた。

沈黙は、十秒ほど。ザッと強い風が周りの木々を揺らし、ミズキたちの目の前が昼間のように明るくなる。

「おお、怖い。それほど怒らなくてもよかろう、雷」

キラキラした金色の長い髪をなびかせた神様は、「やれやれ」とため息をついて、ミズキたち三人を見下ろした。

「怒っていません。ただ、あれほど可愛がられているようだったのに、泣いているミズキをフォローすることもなく放置されていたのは何故《なぜ》かと、不思議なだけです」

「やはり怒っているではないか。炎も……睨むんじゃない、無礼な狛犬たちめ」

「だって、神様っっ。ミズキのやつ、こんなに泣かされて……くそっ、あの人間、祟《たた》ってやろうか」

ミズキの隣で、炎がグワッと口を開く。大きく開いた口から立派な牙《きば》が覗いていて、ミズキは慌てて炎の前脚に両脚をかけた。

「ダメッ。悠一さんに、なにもしないで。炎、雷……僕が悪いんだ。悠一さんは、すごく優しいんだから」

「泣かされたのに、庇《かば》うのかよっ。どこが優しい？」

「……ごめん。怒ってくれて、ありがと」

頬を舐めたかったけれど届かなくて、炎の前脚に頭を擦りつける。頭の上からは、大きなため息が聞こえてきた。

どうやら、氷高を祟る計画は引っ込めてくれたらしい。よかった。

「これから、どうしよう……」

氷高のために、という目的がなくなってしまい、胸の中が空っぽだ。明日から、なにをすればいいのかもわからない。

「あの、神様……僕のことも、炎や雷みたいに狛犬……は無理だけど、眷属として使ってもらえませんか？　いっぱいお世話になったから、お返しもしたいです。猫又……妖怪《ようかい》だと、ダメでしょうか」

「お返しなどは不要。もとより、こちらからの詫《わ》びだったのだ。眷属もなぁ……猫又であることは別段問題ではない。ただ、今は人員過多でねぇ。友人に、『りくるーと』している者がいないか聞いてみてもいいが、さて……どうだろう」

「そう……ですか」

神様にも、イラナイと言われてしまった。

すごい特技があるわけではない。変わったところは猫又だというだけのミズキを、眷属にしようと思ってくれる神様は、たぶん……いない。

落ち込むミズキの頭を、神様がそっと撫でてくれた。

「しばらく休みなさい。ずっと、働いていただろう？」

「……僕は、楽しかっただけです」

「それでも、おまえには休息が必要だ。いいね、私の結界内で身体と気を休めるんだ。勝手にどこかに行ってはいけないよ」

「はい」

うつむいたままミズキがうなずくと、目の前に真っ白な饅頭《まんじゅう》が降って湧いた。驚いて顔を上げると、神様がニコニコと笑っている。

「おまえはコレを気に入っていたね。空腹を満たし、今はしばらく眠るんだ」

「ありがとうございます」

ふかふかの真っ白な饅頭は、確かに美味しくて大好きだ。初めてここで食べさせてもらった時、ミズキが感動したのを憶えていてくれたらしい。

ミズキが饅頭のてっぺんに噛みつくと、うんうんと満足そうにうなずいて姿を消した。

神様の姿がなくなった途端、夜の暗闇と静寂に包まれる。

「えーっと、神様……なにをしにお出《い》でになったんだ？」

「ミズキに、饅頭を食わせるためじゃないか？」

炎と雷の呆れたような声が左右から聞こえてきて、クスリと笑ってしまう。

こっそり笑ったつもりなのに見られてしまったらしく、二人は「ミズキが笑ったから、まぁいいか」と小さくつぶやいた。

大きな饅頭は猫に戻ったミズキでは食べきれなかったけれど、食いしん坊の炎が残りを引き受けてくれた。

ミズキは草のベッドで眠ろうとしたのに、首の後ろを雷に銜《くわ》えられて、神様の寝所だという木造の建物の軒下《のきした》に連れて行かれる。

「おまえで暖を取らせろ」

「チビ猫だけど、それくらいの役には立つだろう」

「う、うん」

炎と雷にそう凄《すご》まれて、戸惑いながら丸くなる。すると、炎と雷、二人分の尻尾がミズキの身体を覆った。

これでは、ミズキが二人にあたためてもらっているのでは……？

そろりと顔を上げると、「寝ろ」と炎に睨まれる。雷は無言でミズキの頭に前脚を乗せ、強引に伏せさせた。

あたたかい。

優しいぬくもりに、全身を包まれている。

でも……夜空を見上げたミズキの頭に浮かぶのは、氷高のことばかりだった。

片づけそびれているだけだと言っていたのに、時々ペットベッドをお日様の当たるところに干していた。

ミルクが絶対切れないように冷蔵庫に常備していたのは、人間のミズキのためだけではないはずだ。

一度も口には出さなかったけれど、たぶん氷高は、いつ猫のミズキが帰ってきても迎えられるように用意してくれていた。

神様の呪文で、きっと彼の記憶からミズキのことは消えている。人間のミズキだけでなく、元が一緒の猫のミズキも忘れているかもしれない。

そうなってほしいと願ったのは自分なのに、あの家にはもう、どちらの『ミズキ』も居場所がないのだと思うと……胸がギュッと締めつけられたみたいに痛くなる。

「……ゆーいち」

名前をつぶやくだけで恋しくて……クスンと鼻を鳴らす。

炎と雷のぬくもりに守られて前脚のあいだに顔を伏せても、なかなか眠ることができなかった。

《七》

水色だった空の色が、少しずつ変わってきた。

この色を、菫色《すみれいろ》だとか橙色《だいだいいろ》だとか教えてくれたのは、氷高だ。人間の言葉を勉強中で、彼曰《いわ》く『日本語が少し不自由』なミズキが空を見上げて「キレイな色」とつぶやくと、日本語ではそう表現するのだと笑った。

あの日と似た色の空は、やっぱりすごくキレイで……でも何故か胸の奥が痛くなって、泣きたい気分になる。

「おい、ミズキ。そろそろ元気出せよぉ。もう三日だぞ」

神社の敷地ギリギリ、石段を上がってすぐのところでぼんやり座り込んでいると、尻尾の先を少しだけ踏まれる感触があった。

先のほうは毛だけなので痛くはないけれど、気になる。踏まれている尻尾をそろりと引くと、何本か毛が抜けてしまった。

「い……痛い」

振り向いたミズキの目には、予想どおりの黒い獣……炎が映る。

双子の炎と雷は、獣姿だと特にそっくりな見た目なのだが、黒い毛に混じる鮮やかな一筋の色で区別がつくのだ。

黒毛に一筋だけ見え隠れしている赤い毛を見ながら、小声で謝った。

「ごめんね、炎。メソメソしてて」

「何日も泣いて、どっぷり落ち込むほどあの人間が好きか？　オマエが猫だとわかったら、化けモノ呼ばわりしてさっさと追い出したんだろ。そんな心の狭いサイテー男の、どこがいいんだよ」

落ち込むミズキを、慰めようとしてくれているのかもしれない。でも、氷高を『サイテー男』と吐き捨てられては、黙っていられなかった。

「サイテーじゃないよ！　僕が化け猫なのは、ホントだし。ゆーいちは……悠一さんは、僕にとって誰よりあったかくて……くっついたら胸が苦しくなって、でも……やっぱり傍にいたい。大好きで、特別なんだ。今も……気持ちは変わらない」

大好き。あたたかい。特別。

他にどう言えば、この想いを表現できるのかわからなくて、ミズキの胸には苦しさが降り積もる。

「炎、ミズキの気が済むまでそっとしておいてやれ。心配なのはわかるが、構いすぎると嫌われるぞ」

ゆったりとした足取りで、もう一匹の黒い大きな犬が近づいてくる。炎と同じ位置に黄色の毛があり、雷だと確信できた。

「……うるせー。別にオレは、心配してるわけじゃねぇし。目の前でグズグズメソメソされて、鬱陶しいだけだ！」

炎は、今にも雷に噛みつきそうな険しい口調で言い返した。その隣で、ミズキはますます身を縮めるしかできない。

「う……ごめんなさい」

「だから、おまえは謝らなくていい。炎がガキなだけだ」

バサリ、と。

ミズキのものとは比べ物にならない、毛量がたっぷりある雷の大きな尻尾で身体を撫でられ、風圧でよろめいてしまった。

「階段、落ちるなよ。石だから痛いぞ」

「うん、気をつける。……?」

茜色《あかねいろ》に空を染める夕焼けの中、階段の下からたくさんの猫たちが上ってくることに気がついて、首を傾げた。

黒猫で五匹目……茶虎の猫で八匹……雉虎《きじとら》の猫が十四目。次から次へと階段を上がり、にゃあにゃあと猫語の会話が広がる。

「えっ、えっ？」

途中で数え切れなくなり、驚いて目を瞬かせるしかできないミズキの前を、数十匹の猫たちが脇見も振らずに通り過ぎていった。

なに？　猫たちが、たくさん。

炎と雷なら理由を知っているだろうかと、二人を振り仰いだところで、忌々《いまいま》しそうに口を開いた。

「チッ、今夜は新月か。うるせー集会の日だな」

「そう言うな。我らが神様は慈悲深く、小さき猫たちにも寛容だ。集会所として敷地をお貸しになるくらい、お安い御用と笑うだろう」

「……本音は？」

「ラブリーな猫たちに囲まれて、ハーレム気分……というあたりか」

「ま、そんなとこだろうなぁ」

言葉を切って顔を見合わせた炎と雷は、同時に「はぁぁ」と大きなため息をつく。相変わらず、息の合ったやり取りだ。

新月だから、集会？　そのせいで、猫たちが集まってきた？

ミズキはわかりやすく不思議そうな顔をしているのか、雷が説明をしてくれる。

「新月の夜は、ここで猫集会があるんだ。集会と言っても、人間や動物たちの噂話《うわさばなし》をしたり、持ち寄ったマタタビ酒で酔っ払ったり……かなり無秩序というか、カオスな場になるが。俺たちはウルサ……煩わしいと感じるし猫たちにとって邪魔だろうから、毎回人間の姿に化けて夜の街に出るようにしていたけど、今夜は特別だ。……ミズキも、挨拶をしてくればいい。白い長毛種のデブ……いや、一番恰幅《かっぷく》のいい猫が、リーダーだ」

「……ん」

トンと背中を押されて、猫たちの輪の中心に座している……リーダーだと教えられた、大きな白い猫に向かった。

ここに集まっている猫はほとんどが身体の大きな大人で、ミズキと同じくらいの子猫は五匹くらいしかいない。

小柄なミズキは、体格のいい猫に押されたり踏まれそうになったり……なかなか目指す白猫に辿り着けなかった。

よろよろしながらようやく正面に立ち、ミズキの五倍近くありそうな大きな白猫に頭を下げた。

「は、初めましてミズキです。僕は」

「妖怪だなっ？　それ以上寄るな、気味が悪い！」

「にぁあっ」

挨拶の途中でザッと砂をかけられて、反射的に飛び退《の》いた。

目には入っていないようだけど、細かな砂が濡れた鼻の先についていて……口もザリザリする。

「ごめんなさいっ」

うつむいて謝り、口の中に入ってきた細かな砂をペッと吐き出す。

なんだか、静か……？　と不思議に思いながら周囲を見回すと、いつからか猫たちがミズキに注目していた。

日が落ちて、薄闇の中……数十匹の猫たちが、声もなくミズキを凝視《ぎょうし》している。ピンと張りつめた空気の中、猫たちは一様に尻尾や背中の毛を逆立てていて、鈍感なミズキでも警戒されているのだとわかる。

ビリビリと、空気を振動させるみたいに強く伝わってくるのは……警戒だけではない。敵意に近い、怯《おび》えと不安の混じった反感だ。

自分は、ここにいてはいけない存在なのだと、誰に言われるまでもなく察することができる。

今のミズキの姿は猫なのに、猫たちは受け入れてくれない。

……そうだ。これまでも、何度も猫たちに忌《い》み嫌われて……暗がりで身を縮め、深く眠って流れる時間をやり過ごした。

長い眠りから目を覚ますたびに、そのことを忘れて猫たちに近づき、また嫌われて……同じことの繰り返しだ。

今回も、やはり猫たちはミズキを仲間だと思ってくれない。

居場所は、どこにもない。

「あ……」

戸惑ったミズキがほんの少し頭を動かすと、猫たちの纏う空気が更に緊張を高めた。

下手に動けば、一斉に飛びかかられるのではないか……。

そんな恐怖が込み上げてくる。でも、ここでずっとこうしてはいられない。見られているだけで、身が削られているみたいだ。

あまりの緊張のせいか四肢《しし》の筋肉が強張っていて、身動きが取れそうにない。

進退窮まったミズキが、どうしよう……と足元に視線を落とした途端、ザワッと空気の質が変わった。

石の階段から、足音が聞こえてくる。猫のものではなく、この大きさは人間の靴が小石を踏む音……?

「おい、人間か」

「まさか。神様が結界を張っているだろう。招かれでもしない限り、ただの人間は石段を上がることもできないはずだ」

「しかし、やはり……人間だっっ」

ピリピリと緊張感たっぷりの声で交わされていた猫たちの会話が、ピタリと途切れる。階段のほうから聞こえてきていた足音も止まり……ミズキを見ていた猫たちの視線が、そちらに移った。

「あ……今のうちにっ」

呪縛から解き放たれたように、それまで動かなかった足が動いた。

ホッとしたミズキは大急ぎで猫の輪から抜け出して、少し離れたところにいる炎と雷の傍へ駆け戻る。

「ミズキ、大丈夫か？　あのデブ猫、砂なんかかけやがって……。パニックになるから我慢したけど、飛び込んでやればよかった！」

「よく耐えた、炎。ミズキ……目は？　痛くないか？」

炎と雷が交互に顔を舐めてくれて、「うん、大丈夫」と言い返す。

猫たちには、どうしても受け入れてもらえない。

でも、こんなふうに怒ってくれる友人が二人もいるのだから、過去の孤独とは違い……今の自分は幸せだ。

「なぁ雷、あの人間……」

「どうした、炎？」

「ミズキは見るなっ」

雷に呼びかけた炎の言葉に釣られて、ミズキも二人の身体の脇から首を伸ばして覗こうとした。

「うみゃ！」

もう少しで人影が見える……という直前、バサリと炎の尻尾に視界を塞《ふさ》がれてしまう。舌を噛みそうになり、ブルブルと頭を振った。

「炎、あいつ……アレだろ」

「ああ、やっぱりそうだよな。なにしに来やがった。自らオレたちに咬《か》みつかれようってんなら、ちょっとだけ見直してやる」

炎は、ううう……と低く唸《うな》りながら、物騒なことを口にする。

誰？　なに？

屈んでも背伸びしても見えないから……全然わからない。

ミズキが暗幕のような黒い尻尾を乗り越えようとしたら、怖い顔で炎が振り向いた。

「ミズキッ。そこでジッとしてろ！」

「な、なんで？　見るのもダメ？」

ガウッと牙を剝《む》いて怒られたミズキは、耳を伏せて身を縮めた。

どうしてそんなに怒られるのか、見てもいけない理由はなにかと、今度はチラリと雷を見上げる。

「……炎。大人げないぞ」

「なんとでも言えっ。あの人間にミズキは泣かされたんだぞ」

「え……？」

ミズキが泣かされた、人間？　そんな人……一人しかいない。

でも、まさか……悠一さんがこんなところに来るはずが……と戸惑うミズキの耳に、恋しくて懐かしくて、泣きたいくらい大好きな声が聞こえてくる。

「ミズキ？　この神社の境内《けいだい》で、猫が集会をしてるって噂だったが……この中にいるのか？

ミズキ、いたら返事をしろっ」

しかも、もしかして大勢の猫の中から、『ミズキ』を探そうとしている？

心臓が、ドッドッとものすごいスピードで脈打っているのがわかった。

すぐ近くに、悠一さんがいる。ミズキと、呼んでくれている。本当に、夢ではなく？

……この目で見なければ、信じられない。

「あっ、コラ」

炎が非難の声を上げたけれど、ミズキの耳には届かない。ガシガシと目の前に立ち塞がる黒い背中に這い上がり、石段のほうを眺めた。

「ゆーいち……」

間違いない！　氷高が、そこに立っている。

月明かりもなく、近くには電灯もないので真っ暗で……でも、ミズキの目には氷高の姿がハッキリと捉えられた。

他の人間と氷高を見誤るわけなどないのだから、間違いない。

「いないのか、ミズキッ。くそっ、ここにもいないなら……次は、どこを探せばいい？　見当もつかねぇ」

確かに氷高がそこにいて、「ミズキ」と名前を呼んでくれている。

ミズキのことを忘れるように、神様の呪文を使ったのに……記憶に留《とど》まっているとしか思えない。

どうして？　と疑問が頭の中をグルグル駆け巡っていた。

でも、氷高の声に何度も名前を呼ばれているうちに、何故かという疑問などどうでもよくなる。

すぐ近くにいて、ミズキを呼んでくれて……それだけで、胸がいっぱいになる。

「頼むから……ミズキ！　化け猫でも、なんでもいいから……俺を嫌いじゃないなら、出てきてくれ」

「ゆ、ゆーい……」

何度目かの呼びかけに小声で答えると、炎の背中から飛び降りて駆け出そうとした。けれど、グッと身体の動きが止まってしまう。

振り向くと、ミズキの首の後ろに雷が噛みついていて、そのせいで動きを制されているのだとわかった。

「なんでっ、雷？」

「ちょっと待て。神様が……」

雷の言葉が終わらないうちに、パッと周囲が明るくなった。

キラキラとした眩《まばゆ》いばかりの光を纏い、長い金色の髪をなびかせた神様が……猫たちの上に浮かんでいる。

「え……、なん……だ」

その神々《こうごう》しい姿は氷高の目にも見ることができるらしく、呆然としたつぶやきがミズキにも聞こえてきた。

たくさんの猫がいて、氷高がいて、炎と雷、ミズキがいて……でも、空気の流れが止まっているみたいだ。

シンと静まり返り、風の音さえ聞こえない。居合わせたすべての者が、光の中にいる神様を注視している。

「驚いたか、人間。ここは我の結界内。すべての支配権は、人が神と呼ぶ私にある。そなたなど、ミジンコ以下の非力な存在だ」

「神……」

特別な感情を窺わせない小さな声でぽつりとつぶやいた氷高は、畏《おそ》れているのか驚愕しているのか、ミズキには想像もつかない。

「なぁ、雷。神様、メチャクチャ楽しそうじゃね？」

「ああ……この手の登場の仕方は、滅多にできないからなぁ」

炎と雷が、顔を寄せ合ってコソコソと会話をしている。ミズキに聞こえた二人の声は、神様にまで筒抜けだったようだ。

「コホン、炎と雷。聞こえたぞ」

「あー……スミマセン。せっかくの見せ場を、邪魔しちゃって」

「つい本当のことを零したこの口を、あとで叱《しか》っておきます」

そ知らぬ調子で言い返した炎と雷に、「まったく……おまえたちは」とぶつぶつ言っておいて、徐《おもむろ》に金色の髪を掻《か》き上げた。

「い、犬がしゃべった……？　つーか、俺……言葉がわかったぞ。犬と俺、どっちがおかしいんだ？」

炎と雷、神様との会話を目《ま》の当たりにした氷高は、混乱したようにつぶやいている。

それでもミズキは、化け物だと慄《おのの》いて氷高が逃げ出さないことにホッとする。

炎と雷を化け物呼ばわりする氷高を見れば、打ちひしがれた『化け猫』のミズキは止《とど》めを刺されただろう。

「ここは私の結界内だ。狛犬は獣姿にも人型にもなれるし、猫も草木も言語で自己主張するぞ。なにが不思議だ？」

「……っ」

炎と雷の身体が陰になっているミズキにはしっかり見ることはできないけれど、氷高が、息を呑《の》んだ空気が伝わってくる。

ふわふわ空中に浮揚して場を見下ろしている神様は……狛犬たちの言うとおり、ものすごく楽しそうだ。

「ふふふ、これでも取り乱して気を失わぬとは……なかなかの肝《きも》の据わり具合。気に入ったぞ、人間。その心意気に免じて、私の結界内に踏み込んだことは不問にしてやろう。なにが目的だ？」

神様の問いに氷高が答えるまでは、数秒の間があり……ハッキリとした、迷いのない声で言葉を返した。

「猫を、捜しています。薄茶色の小さな猫……だと思うのですが。名前は、ミズキ」

「ふーん？　何故に？」

「まずは、知らなかったことを言い訳に、傷つけた……謝罪を。できるなら、俺の家に連れ帰りたいと思っています」

息を潜めたミズキは、ドキドキしながら氷高の声に耳を傾ける。

謝罪？　そんなものは、必要ない。それよりミズキの鼓動を速くしたのは、家に連れ帰りたいという言葉だ。

本当に？　ミズキを捜し……迎えに来てくれたのだと、思ってもいい？

「猫が欲しいだけか、ミズキとやらが欲しいのか？」

「ミズキです。猫ならなんでもいいわけじゃありません。ミズキ以外の猫は、ハッキリ言ってどうでもいい」

氷高がキッパリ言い切った途端、集まっている猫たちからざわりと殺気に近いものが湧き立つ。

不穏な空気は氷高にも伝わっているはずなのに、まったく動じることなく神様を見上げていた。

「ふふふ……よろしい性格をしているなぁ。狡猾《こうかつ》な人間も嫌いじゃないが。……そのミズキという猫を、知らぬわけではないぞ」

「本当ですかっ？　この中に？」

きょろきょろと視線を巡らせた氷高に見られないよう、雷の背中に隠れる。炎が立ち塞がり、ミズキをすっぽりと覆ってくれた。

心臓のドキドキが治まらない。

どうして……逃げてしまったのだろう。氷高が迎えに来てくれたのだから、喜んで駆け出して、肩に飛びつけばいいのに。

ただ……そうだ。

化け猫か？　と。ミズキを見ていた驚愕の目を思い出したら、少しだけ……怖い。

「ミズキを泣かせておいて……図々《ずうずう》しい人間め。咬みついて、追い払ってやる」

「炎、それについての異論はない。おれにも咬ませろ。……が、一応ミズキの気持ちを確かめてからにしろよ」

「ミズキは甘いから、咬んじゃダメとか言うだろー……」

炎と雷がコソコソ言葉を交わしていると、神様が想像もしていなかったとんでもないコトを言い出した。

「よかろう。ただし、この猫たちの中から……一度でミズキを言い当てることができたら、というのが条件だ。間違えたら二度と『ちゃんす』をやらん」

「なっつ、神様っ？　甘いでしょッッ」

そう声を上げたのは、炎だった。ミズキは驚きのあまり、なにも言えずに目を見開くのみだ。

「やかましいわ、炎。猫たち、すまんが手伝ってくれるか。次の集会の際には、マタタビ酒をたんまりと差し入れよう」

居合わせた猫たちは、ざわざわ小声で話しながら戸惑うように顔を見合わせていたけれど、マタタビ酒の一言が効いたらしい。

リーダーの巨大な白猫が、一歩踏み出して神様に答える。

「わかりました。でも、どのように?」

「適当に集まってくれればいい。ああ……そちらの草のほうにいる子猫たちもだ。人間、しばし背を向けて待たれよ」

「……はい」

氷高が石段のほうに身体を向けると、神様がスイッと右手を上げた。炎と雷の背後に隠れていたミズキが、ふわりと宙に浮く。

「あ……」

「シッ、口を噤《つぐ》め。炎、雷。手出しも口出しも不要だからな」

唇に人差し指を押し当てた神様に、黙っていろと言い含められる。

小さくうなずいたミズキの身体は、ふわふわ空中を移動して……大勢の猫たちに紛れるように、真ん中あたりへと下ろされた。

猫たちにはジロッと睨まれたけれど、神様がいる手前か、露骨に避けられたり不満をぶつけられたりすることはない。

「よいぞ、人間。では……選べ。心が決まれば、定めた猫に接吻《せっぷん》を。そなたの望みが反映されるであろう」

「……望み」

　ゆっくりと身体を捻った氷高は、宙に浮く神様に目を向け……次に、その足元にいる猫たちを見渡す。

「ああ、そうだ。一つ言っておかねばならんことがある。薄茶色の猫と聞いたが、そなたの捜し求めておったそのままの姿だという保証はできんからな。黒猫かもしれないし、白猫に変わっておるかもしれん。猫の姿ではない可能性さえ、否定せぬ。ふふっ……『ふぇいく』というものだ」

　神様の言葉に困惑したのは、ミズキだ。

　今のミズキは……氷高と過ごした頃と同じ、薄茶色の毛のままで……どうして、そんなことを？　と戸惑う。

　氷高は無言だった。地面にジッと視線を落としたミズキは、彼がどんな顔をしているのか確かめられない。

　ザリ……ザリ、と。地面を踏む靴の音が近づいてくる。

　ゆーいちが……悠一さんが、すぐそこまで来ている。懐かしい気配を感じて、胸がキリキリと痛い。

　ピクリとも動かず、身体を硬くするミズキの視界の隅に、見覚えのある靴が映り……通り過ぎ……た。

ミズキに、気づかなかった。

絶望という言葉は知らないけれど、目の前が真っ暗になった。

わからなくても、仕方がない。ミズキはうつむいているし、炎や雷のように言葉で主張したわけでもない。

もしかして、捜しに来てくれた氷高なら気づいてくれるのでは……と期待していたこと自体、図々しい思い上がりだったのだと思う。

それなのに、胸の内側にぽっかりと大きな穴が空いたみたいになり、すべての感情が深い穴の奥に落ちていく……。

「コイツだ。ミズキ」

「……にぁっっ！」

背後からなんの前触れもなく身体が掬《すく》い上げられて、ギョッと目を見開いた。

手足をバタバタさせているミズキを両手で抱き、自分の顔の前に持ち上げているのは……紛れもなく、氷高だ。

動きを止めたミズキの目を、真《ま》っ直《す》ぐに覗き込んでいる。

「なぁ、ミズキだろ？　あー……キスか」

「ッ！」

一欠片《ひとかけら》の躊躇《ためら》いもなく、氷高が顔を寄せてくる。口元へとやわらかな唇が押しつけられて、オマケのようにペロリと鼻先を舐められた。

「え……うわっっ」

「ひにゃぁ！」

氷高が声を上げたのと、ミズキが悲鳴を発したのはほぼ同時だった。

地面に尻もちをついたミズキはもちろん、すぐ傍に座り込んでいる氷高も呆気《あっけ》にとられた顔をしている。

「なんだ？　ミズキ……だよな？」

「はいっ、ミズキです！　え……僕の、手……足、も」

反射的に返事をして姿勢を正したミズキは、そこで自分の身に起きている変化に気がついた。

地面についた手は、毛むくじゃらな猫のものではない。肉球もなく、すべすべした人間の皮膚だ。

どうして……？　と困惑していると、頭上から神様の声が降ってきた。

「おやおや、なんとなくイカガワシイな。ミズキに衣《ころも》を……」

神様が手を翳《かざ》すと、瞬きの間にシンプルなシャツとハーフパンツを身に着けていた。氷高は一言も発することなく、ジッとミズキを見詰めている。

「猫たち、もう解散してよいぞ。ご苦労だった」

神様が手を振ると同時に、一か所に集まっていた猫たちが四方八方に散る。

あっという間に一匹残らず姿を消してしまい、神様とミズキと氷高、炎と雷だけがその場に残った。

「ゆーいち……さん。なんで？」

「いきなりいなくなったから、あちこち捜し回っただろ。そりゃ……目の前の珍事にビックリして言葉を失くした俺も悪いかもしれないが、言い訳をするでもなく問答無用で逃げ出したおまえも悪いからなっ」

「ごっ、ごめんなさい！」

身を縮めて謝ると、氷高とミズキのあいだに二匹の黒い獣が割り込んできた。

ミズキに尻尾を向け、氷高を威嚇《いかく》する。

「おのれ、人間め。先に謝るのは、おまえじゃないのかっっ？　ミズキは単純バカだから、丸め込むのは簡単だろう。だが、オレは納得しないからな」

「おれも、ああヨカッタ……と手を打ってあげられないね。ミズキの代わりに、問い質《ただ》したいことがいくつかある。が、まずは炎の言うように……謝罪だな。ミズキに、ごめんなさいと頭を下げろ」

地面に座り込んだままの氷高は、そう言って凄む炎と雷を、怪訝《けげん》そうな顔で見下ろしている。

「犬……に説教されても、なぁ」

「チッ、ムカつく人間だぜっ！」

「……言いなりになるみたいで癪《しゃく》だが、確かにこの姿では緊張感がないか。仕方ない」

不本意そうな口調で文句を零した炎と雷は、大きく身震いをして黒い獣から人の姿へと変《へん》化《げ》した。

それでもミズキを背に隠すようにして、自分たちの身体で氷高とのあいだを隔てている。

「あ……おまえらっ、庭先でミズキとキスしてた……エロい双子か！」

そう言いながら指差した氷高に、どちらかが「ふん」と鼻を鳴らした。

「今更。鈍いわ、バーカ。だいたいあれはキスではなく、『気』の補充……食事だ。人間みたいに、年中ところ構わず発情するわけじゃないからなっ」

「……言い方は少しばかり下品だが、概《おおむ》ねそういうことだ」

炎と雷の言葉に、氷高は絶句しているようだ。誰もなにもしゃべらないせいで、シーンと沈黙が流れる。

「あの、そこにいるの、ホントに悠一さん……だよね。なんか、まだ夢を見てるみたいで現実感がなくて……」

コクンと喉を鳴らしたミズキは、目の前にある二つの広い背中のあいだから顔を覗かせる。

氷高と目が合い、仄かな笑みを向けられて……唐突に現実が押し寄せてきた。

「ふぇ……悠一さん、ゆーいち……っっ」

泣きそうになりながら両手を伸ばすと、強い力で摑まれて引き寄せられる。グッと背中を抱き締められて、夢中でしがみついた。

「ミズキッ、おい人間っ！」

「まだ話の途中だろう。聞いているのか？」

炎と雷が怒っているのはわかっていたけれど、今のミズキには氷高しか見えない。氷高の声しか聞きたくないし、聞こえない。

「ミズキ……悪かった。佐川《さがわ》さんも、患者のジジババも……ミズキはどうしたんだって、淋しがって……いや、なにより俺が、おまえがいないとダメらしい。おまえがいなくなってからの三日、ほとんど寝られねぇし……飯も、水もロクに喉を通らなかった。家に、戻ってきてくれ」

息苦しいほど強くミズキを両腕に抱いた氷高が、そう懇願する。

反射的にうなずこうとしたミズキだったけれど、ふと不安が湧いて氷高の背中をそっと撫でる。

「僕、僕……人間じゃないよ。化け猫だけど、いいの？　尻尾とか耳、猫だったのを見たでしょう？」

「化け猫だろうが、ただの猫だろうが……ミズキが必要なんだ」

それは、想像したこともない幸せだった。

人間でなくてもいい。化け猫でも、ただの猫でも……なんでもよくて、ただ『ミズキ』が必要だと言ってくれている。

強く抱き締められた氷高の腕の中で、ミズキは言葉もなく幸福に打ち震える。

「な……なんか、納得がいかねぇ」

「うん……釈然としないけど、ミズキがいいって言ってるからなぁ……。おれたち、無粋にも邪魔しているみたいじゃないか？」

気の抜けた声で、炎と雷がぼやいている。

力いっぱい氷高に抱きついていたミズキは、そういえば神様は……？　と、ようやく思考力を取り戻した。

「あ……」

氷高の胸元から顔を上げると、パチッと神様と視線が絡む。ふわふわ浮いたまま、ことの推移を眺めていたらしい。

「か、神様、僕……悠一さんのところに戻っても、いいでしょうか。眷属にしてください、なんてお願いをしておいて……」

「人手は足りておると言っただろう。おまえは、我が身の幸せを考えればいい。存分に可愛がってもらえ。……炎と雷には散々な言われようだが、一つ『ふぉろー』してやろう。その人間が、『ミズキ』を捜してここに来たのは初めてではない。おまえが迷い込んでくる前にも、猫用の『ふーど』とやらを手に『ミズキ』を呼びながらふらふらしておった。猫のおまえも、人に化けたおまえも、どちらも愛《いと》しいと思っておるのは嘘ではないだろう」

「え……？　僕が、ここに迷い込む前……って」

もしかして、ただの猫として氷高の家にいた頃……不慮の事故でトラックの荷台に落ちて運び出された後、だろうか。

すごく、すごく捜してくれていた？

あんなふうに、誰かに拾われたならいいとか、ベッドを処分しそびれているだけだとか言っていたのに。

答えを求めて氷高を見上げたけれど、少しだけ頬を赤くした氷高は、唇を引き結んで明後日《あさって》のほうを見ている。

「あれ？　ちょっと待ってください。それでは、神様は……最初から、この人間が『猫のミズキ』がどんな姿か知っていた……と、ご存じで？　その上で、あのような猫当てクイズを行ったと？」

雷が疑念を含んだ声で口にすると、炎は首を捻ってつぶやき出した。

「ちょ……え？　どういうことだ？　ん……んん、なにぃ？　それじゃ、ズルじゃねーかっ。無効だ！　神様っ！」

騒ぎ立てる炎を見下ろした神様は、虫を払うようにシッシッと右手を振る。

うるさそうに片手で耳を塞ぎながら、炎に答えた。

「やれやれ、野暮な子たちだねぇ。私は、違う姿かもしれん……と、一捻り入れただろう。それに惑わされることなくミズキを言い当てたのだから、この人間の純粋な『らぶ』を認めてやりなさい」

「ええええっ？　なんかオレは、スッキリしねぇんですがっ。そんなので、清い愛として成立つなんて……っ」

炎はまだ文句を言い続けていたけれど、ミズキの心に引っかかったのは、神様と炎の台詞《せりふ》にあった二つの単語だった。

「らぶ……って、清い……愛？」

人の姿をもらった時に、神様に言われたことを思い出す。

確か……。

『清く深き愛情で真実のおまえを受け入れる人間が現れたならば、真に人の姿を得られるだろう。人の愛情と、本来おまえが持っている力が調和して、望みが同じであれば……』

と、そう聞いたはずだ。

自分の手をジッと見詰めているミズキに、神様が「ふふ」と笑った。

「私は、力を貸しておらぬからな。今、おまえが人の姿になっていることが……その人間の愛の証《あかし》であり望みだ」

「愛……？」

氷高に目を向けると、視線が絡み……少しだけ眉間に皺を寄せて嫌そうな顔をしながら、ポッポッと口にする。

「好奇心旺盛《おうせい》って目で見られながら、これ以上胸の内を語るのはごめんだ。……家に帰る、ってことでいいんだな？」

「……うん。はい」

ミズキが迷わずうなずくと、氷高の手にギュッと右手を握り締められる。

氷高は、低く「行くぞ」とだけ言ってすぐに背を向けてしまったけれど、ミズキの手は離さない。

「人間、ミズキは私のカワイイ子だ。次に傷つけて泣かすようなことがあれば、そこの炎と雷……皆で祟るぞ。末永く、存分に可愛がれ」

神様の言葉にピタリと足を止めた氷高は、ゆっくりと回れ右をしてミズキと手を繋《つな》いだまま深く頭を下げる。

「もちろんです。……ありがとうございました」

「うむ。これぞ『はっぴいえんど』だな。ほら、おまえたちも不貞腐《ふてくさ》れていないで、祝福しないかっ」

早く祝え！　と神様に促された炎と雷は、渋々……という顔を隠そうともせずに口を開いた。

「……おめでとー、ミズキ。時々、見回りの途中に寄ってやるからなっ。その人間にイジメられたら、言えよ？」

「ぞんざいな扱いをされるようなら、いつでも戻ってくるんだぞ。……なにもなくても、遊びに来ればいいけど」

「うん。二人とも、ありがとう」

ミズキが言い終わらないうちに、グイグイと氷高に手を引っ張られる。

石段に一歩足を踏み出した瞬間、もう一つ彼らに伝えなければならないことがあったと思い出した。

「炎、雷……僕は二人のことも大好きだよ！」

返事はない。きちんと、二人に聞こえただろうか？

背後に捻っていた身体を戻そうとしたところで、突然ヒョイと身体が浮き上がった。

「うわっ」

なに？　氷高に、抱き上げられている？

予期していなかった浮遊感に驚いて、目の前にある氷高の頭に抱きついた。

「ゆ、悠一さんっっ？」

「おまえがトロトロしているからだ。さっさと行くぞ」

それだけ口にした氷高は、困惑するミズキを抱え上げたまま、危なげのない軽い足取りで石段を下りていく。

下ろしてくれと訴えるタイミングを逃してしまい、氷高の肩にしがみついて夜の街を移動することとなった。

幸いにも月のない暗い夜だから、きっと誰にも見られていないはず。

氷高はなにも言わなかったけれど、ミズキをしっかりと抱えたまま大股で道を歩く。

慣れ親しんだ家の屋根と、青々とした葉の木々が立ち並ぶ庭が見えてきて……震えそうになる唇をギュッと噛む。

氷高に、不用意に漏れ出てしまった耳と尻尾を見られてしまってここを飛び出した時は、振り返ることもできなかった。

もう、二度と……近づくことさえ叶わないと思っていたのに、帰ってくることができるなんて夢みたいだ。

このままで家に向かうかと思っていたのに、門の手前で道路に下ろされた。門扉を開けると、氷高が先に庭へと入る。

「ほら、ミズキ。……お帰り」

振り向いた氷高に、両手を開いて「おいで」と笑いかけられ、半べそを掻きながらなんとか答えた。

「た……ただいま、ゆーいち……っ」

勢いよく両腕の中に飛び込んだミズキを、氷高はしっかりと受け止めてくれて……ポンポンと背中を叩く。

「もう、一人で勝手に出て行くなよ。トロくて、すぐ迷子《まいご》になるんだから……心配で目を離せねぇ」

「……ん、うん……っ」

広い背中に強くしがみついて、「やっと帰ってきた」のだという実感に身を浸した。

《八》

居間にあるテーブルの前で膝を抱えて座っていると、両手にマグカップを持った氷高が戻ってきた。

「ほら、とりあえず飲め」

コトリと置かれたマグカップには、真っ白なミルクがたっぷりと注がれている。

ミズキが手を出さないせいか、

「そんなに熱くしていないから、すぐに飲んでも大丈夫だ。……あ、おまえが置いてったヤツは、開封してあったからもったいないけど捨てたぞ。これは、新しく買っておいたものだからな」

少し早口でそう言って、ミズキの右隣に腰を下ろす。

氷高が持っているマグカップからは、コーヒーの匂《にお》いの湯気が立ち上っていた。

「いただきます」

ぽつりと口にして、両手で包み込むようにマグカップを持つ。ふわっと鼻先をくすぐる湯気は、ほんのりと甘い香りがした。

口をつけると、確かにそれほど熱くなく……仄かなはちみつ風味のミルクが、舌の上に広がる。

「美味しい」

思わずそうつぶやいて、微笑を浮かべた。

はちみつを入れるのは時々だったけれど、毎日飲んでいた大好きなミルクの味だ。間が空いたのはたった三日なのに、何年も口にしていなかったみたいに懐かしい。

二人とも黙ってマグカップを傾けて、一言も言葉を交わすことなく飲み干した。

ミズキはテーブルに空になったマグカップを置き、ずっと頭の隅に留まっている疑問を氷高に投げかけてみる。

「神様からもらった呪文、使ったのに……どうして？　悠一さん、僕のことを全部忘れているはずだったのに」

「呪文？　なんだ、それ」

怪訝そうな声で聞き返されて、そっと隣にいる氷高を見上げた。

どう説明すればきちんと伝わるのか、迷いながら口を開く。

「僕のために教えてくれた、モフなシッポのラブリー呪文です。三回しか使えないって言われてて、一回目は最初に逢った時の悠一さんに……二回目は浩二さんに使ったけど、もう一回使えるはずだった。僕のこと、全部忘れて……って願ったのに、憶えててくれてたんですよね？　だから、神様のところまで捜しに来てくれたり……して」

それが、ものすごく不思議だ。どうして、最後の一回だけは氷高に通用しなかったのだろう？

泣きそうになっていたせいで、何度もつっかえてたどたどしい言い方だったとは思うけれど、呪文は間違えなかったはずなのに。

首を捻るミズキに、氷高が「ああ……」と視線を泳がせた。

「一回目と二回目は知らねぇけど、なーんとなく憶えてるぞ。ニャンとかニャレとか、言い捨ててったヤツか。半べそで、嫌いにならないで……とか」

「あ、あれ？　憶えてる……？」

ミズキは、あの時の自分がどんなふうに呪文を唱えたのか、必死で記憶を探った。

氷高に猫の耳と尻尾を見られたことでパニック状態に陥り、嫌われる……気味悪いと拒絶されるに違いないと、泣きそうになっていた。

でも、氷高の前から姿を消す前に、自分が猫又であることを忘れてもらおうとしたのだ。

そうすれば、少なくとも猫の『ミズキ』だけは可愛がっていたのだと……優しい思い出にしてもらえるのではないかと、ズルいことがチラリと頭に浮かんだ。

「僕のことを忘れて……嫌いにだけはならないで、って言った気がする」

不明瞭な言い方だったせいで呪文として不完全だったのか、最後の一回は『忘れる』ではなく『嫌いにならないで』というほうが叶えられたのか……真相は、ミズキにはわからない。

「やっぱり、よくわかんない。今度、神様に聞いてみます」

正解を知っているのは、きっと神様だけだ。

キラキラしたキレイな金色の髪を思い浮かべながら、自分の言葉に「うん。そうしよう」とうなずく。

すると、手に持っていたマグカップをテーブルに置いた氷高が「神様……か」と、つぶやいた。

「初めて神様というのを見たが……なんていうか……ああいうものなのか？　見た目も口調もノリも、妙に軽かったぞ。ちょっとばかりアウトローな兄ちゃんって感じで、スウェット姿で普通にコンビニとかで買い物をしてそうだ」

不思議そうな顔で、首を捻っている。

ミズキは他の神様を知らないから、『神様がどんなもの』か比べようもないけれど、一つだけ確かなことがある。

「神様はすごいんですよっ」

そのことだけは、胸を張って言い切ることができた。

ミズキの勢いに圧《お》されたのか、氷高は「おお……」とつぶやいて、目を瞬かせている。

「僕、自分じゃ猫又だなんて知らなかったけど、人の姿になれるように手助けしてくれて……魔法の呪文を教えてくれました。なにもかもお見通しで、すごく優しいんです。キラキラしてて、キレイだし」

両手を握り締めて力説すると、ミズキの熱意が伝わったのか、氷高は小さく数回うなずいた。

「まぁ……すごいのは、すごいな。キラキラもしてた。うん。勝手に人間が作った、荘厳なありがたいイメージから、ちょっとどころじゃなく外れてるだけか。いろいろ世話になった礼として、近いうちに酒でも供《そな》えに行こう」

「うん。神様は、白いお饅頭も好きだと思います。中は黒くて、甘いのが詰まってました」

「ああ、こしあんの入った饅頭かな。佐川さんに、うまい店を聞いておく。……それより、あの黒いヤツらはなんなんだ。俺のこと睨むし、メチャクチャ敵愾心《てきがいしん》を感じたぞ」

ミズキの肩を抱き寄せた氷高は、そう言いながら眉間にクッキリと縦皺を刻む。

黒いヤツらとは、炎と雷の二人に違いない。彼らの敵意は、当の氷高にまで明確に伝わっていたようだ。

「えっと、炎と雷は神様の眷属の番犬……じゃなくて、狛犬？　で……妖怪の僕より偉い存在なんです。初めて逢った時から僕の面倒を見てくれていた、優しいお兄ちゃんって感じかもしれません。悠一さんに泣かされたって誤解して、あの二人の中では悠一さんがすごく悪い人になってるみたいです」

話しながら、炎と雷が氷高に敵意を向けた理由が薄っすらと思い浮かぶ。

炎も雷も、言葉では「鈍感」とか「トロいチビ猫」などと突き放すように言っていても、実際はすごく面倒見がよくて優しいのだ。

物知らずで危なっかしいと、ミズキにいろんなことを教えてくれた。今では、本当に兄という感じで……。

「あ……あれ？　もしかして、僕のせいで悠一さんが睨まれたってこと？　ごっ、ごめんなさい」

ようやく、氷高に対する炎と雷の態度の原因が自分にあるのではないかと気がついた。トロいとか鈍いと言われても仕方がない。

氷高を見上げて謝ると、クッと苦笑を浮かべてミズキの背中を軽く叩く。

「おまえは悪くないだろ。……俺が泣かせたのは、本当のことだしな。悪かった、ミズキ。でも、心臓が止まるかと思うくらい驚いたっていうのが、本音だ」

「う……はい。ビックリさせて、ごめんなさい。でも……よかったぁ」

自分のせいで、氷高の心臓が止まってしまわなくてよかった……と、心底ホッとする。

氷高は、大きく肩を上下させたミズキをこれまでより強く抱き寄せて、苦いものを含んだ声で言葉を続けた。

「まったく……男二人とのキスシーンを見せられて、嫉妬混じりの勢い任せに不埒《ふらち》な真似《まね》をしでかしたら、組み伏せた相手に猫耳と尻尾が……って、どんな天罰っつーか試練だよ。おかげで頭が冷えたな」

「男二人とのキス……？　炎と、雷……？　あっ、あれは『気』の補充ですっ。僕は半人前で、人間の食べ物だけじゃ『えねるぎー』が足りなくなるから、炎と雷から分けてもらってただけで……ご飯を食べるのと同じなんです」

そういえばあの日の氷高は、庭で炎と雷から『気』を分けてもらっていたところに割って入ってきたのだ。

見たこともないくらい怖い顔をしていたのは、『キス』だと思ったから？

「おまえ、まさかと思うが……俺のキスも、その『気』の補充だとか思ってるわけじゃないよな？」

顔を上げさせられて、「え？」と目を瞬かせた。

氷高の指が、ミズキの唇をそっと撫でる……。

「違います。悠一さんのは、ご飯じゃないってわかってます！　だって、炎や雷と違って、ドキドキ……するし。今も、こうやってくっついていたら、あたたかくて嬉しいのに心臓が大騒ぎしてるんです」

言葉が嘘ではない証拠に、氷高の手を取って自分の胸に押し当てる。トクトクトク……忙《せわ》しない心臓の鼓動が、伝わっているはずだ。

「全部、悠一さんだけ。最初から、特別でした。神様は金色のキラキラだけど、悠一さんはホースの水で作ってくれた虹みたいに特別な色に見えて……人間は怖かったけど、近づかずにいられなかった。不細工な猫の僕を、追い払ったり嫌がったりせずに抱いてくれて、嬉しかったです」

この家の庭に迷い込んだのは、偶然だったと思う。

でも、人間を怖いと感じなかったのは初めてで、触れてくる手があたたかいと知ったのも初めてで……ミズキにとっての初めては、全部氷高がくれた。

「この手が、大好き」

胸元にある氷高の右手を、両手でギュッと握り締める。

「もちろん、手だけじゃないですけど」

ミズキが慌ててつけ足すと……氷高はうつむいて、ククククッと笑った。

「優しいコトだけじゃなかっただろ。それなのに、好きって言ってくれるのか？」

「ッ……ぁ」

胸元にある氷高の手が少しだけ動き、大きな手のひら全体で触れられる。

胸から腹のあたりまでじわりと撫で下ろされ、優しいコトだけじゃない……という言葉の意味を悟った。

素肌に触れられた時のことを思い出した途端、カーッと首から上が熱くなる。

これは、氷高が教えてくれた、たくさんの初めての一つ……恥ずかしいという感覚だ。

「す、好き。触られるのも、ちょっとだけ怖かったけど……嫌じゃなかったから。悠一さんは、僕が猫又だって知っても触ってくれますか？　お嫁《よめ》さんの理想から、なにもかも外れてるけど……いいのかなぁ」

「嫁の理想？　って、なんだ？」

「浩二さんに、話してました。えっと……なにも文句を言わずに、気が利く癒《いや》し系。チチはディカップ。料理上手《じょうず》で、トコジョウズなカワイ子ちゃん？」

ミズキには意味のわからないところは、発音がおかしいかもしれないけれど、氷高にはきちんと伝わったらしい。

少しだけ、考えるような顔をして……うなずいた。

「あー……そういや面倒になって、適当にそんな感じのことを言ったっけか。そっか。猫のミズキがいたんだった。おまえ、よく憶えてるなぁ」

目を細めて、「すげぇ」と褒めてくれながら頭を撫でられる。そうして褒めてもらえても、ミズキの不安はなくならない。

「しかも、オスで……猫で、ごめんなさい」

なに一つ、氷高の語るお嫁さんの条件に当てはまらない。

しょんぼりうな垂れると、両腕の中に包み込まれた。

「オスってところは、さして問題じゃないから気にするな。猫について……は、コトの最中にうっかり猫にならないなら、まぁいいか。猫耳や尻尾くらいなら、そういうプレイもあるってことで目を瞑《つぶ》ろう」

「僕、猫でもいい？　猫だからダメって、気味が悪い……って、思わないですか？」

おずおずと氷高の背中に手を回す。ギュッと抱きついても、氷高はミズキを引き離そうとしなかった。

ぴったりと密着した胸元が、あたたかくて気持ちいい。

「猫とか妖怪だとかってより、ミズキだからいい……って感じだな。どうやら俺は、自分で思ってたより許容範囲が広いらしいなぁ」

ミズキを抱き締めたまま、そう言って笑っている。

キョヨウハンイというのは少し難しくても、ミズキだからいいという言葉の意味はきちんとわかった。

でも……。

「ホント？」

そろりと顔を上げて、氷高に念を押す。

本当に、猫でもいい？　ミズキだからいいだなんて、自分に都合よくことが運びすぎて、少し怖い。

不安が表情に出ていたのか、氷高は唇に苦笑いを浮かべてため息をついた。

「疑り深いヤツだなぁ。そんなに心配なら、嫁の理想に『俺だけを好きで、絶対に心変わりしない一途《いちず》な猫。毛は薄茶色の虎柄』ってやつをつけ足す。これだけは外せない条件だ。おまえの他に……誰かいるか？　おまえより、俺を好きって言ってくれる猫」

「いないっ。僕より悠一さんを好きな猫なんて、絶対にいないし……これからも出てこないから！」

それなら、自信を持って言い切れる。氷高のことは、ミズキが一番好きだ。自分より氷高を好きになる猫なんて、いるわけがない。

瞳に強い光が宿ったことは、氷高にも見て取れたのだろう。苦笑から優しい笑みに変わり、低く「それでいい」とつぶやく。

「勝手な思い込みと勘違いで、ひどいこと……したよな。あの二人とは、『気』をもらっただけで、こんなふうに触らせたことはないんだよな？」

「っ、う……ん。僕にこうして触るの、悠一さんだけ……」

猫のミズキも、人間のミズキにも、誰もこんなふうには触らなかった。氷高の手しか知らない。

「……怖かっただろ」

「ううん。嫌じゃない、って言いましたよね。あの時も、そうだけど……今は、またなにかが違うみたいです。ドキドキして、苦しくて……でも、もっと触ってほしい。悠一さんに触られてたら、また変になっちゃうってわかってるのに……それでも」

きちんと伝えられただろうか。

やはり自分は、『日本語が不自由』なのかもしれない。もっともっと、たくさん勉強をしなければ。

「おまえ……なぁ、可愛すぎるんだよ。俺みたいなエロオヤジが、際限なく調子に乗るだろうが」

「ゆーいちは、オヤジじゃな……ん」

むぅ……と眉を顰めて言いかけた反論は、氷高の唇に吸い込まれてしまった。ミズキの人間語がおかしいから、しゃべらせてくれないのだろうか。

新たな不安が湧いてきたけれど、そっと髪を撫でながら唇を触れ合わせている氷高から、あたたかくて優しい感情が流れ込んでくるから……瞼を伏せて思考に蓋《ふた》をした。

「仕切り直しだ。この前の、バカな男の嫉妬と八つ当たりじみた愚行を忘れるくらい……優しくさせてくれ。いいか?」

「うん。悠一さんの、好きにしてください。僕の望みも、同じだから」

氷高の言葉は、やっぱりいくつか難しかった。けれど、ミズキが同じことを望んでいるというのは間違いではない。

「バカ猫」

「……にゃぁ」

バカと言われても、優しい……胸の奥がくすぐったくなる響きだったから、ミズキは微笑《ほほえ》んで返事をした。


氷高の寝室の、ベッド。

場所も、こうしてベッドに背中をつけたミズキが見上げる相手が氷高であることもこの前と同じなのに、なにかが違う。

それが『なに』かはわからないけれど、触れてくる手が優しいことだけは確かだ。

「ゆ、悠一さ……っ、なんで、そんなところ舐めるの……」

膝を大きく割り開かれて、そのあいだに身体を入れた氷高が腿の内側を舐めている。

くすぐったくて、ジッとしていられない。

「したいから。おまえが嫌ならやめる」

「嫌じゃない、けど」

「じゃあ、黙ってろ。嫌になったら、そう言ってくれ」

ズルい。ミズキが氷高のことを「嫌だ」なんて拒絶しないと、わかっていてそんなふうに言うなんて。

気を抜いてしまったら変な声が漏れそうになり、両手で自分の口元を覆う。

氷高の舌……濡れた感触が、少しずつ動いている。

腿のつけ根、その奥のミズキ自身でさえ見たことのない場所まで舐められ……て、嚙み締めた歯が震えた。

「っぅ……ン、ンッ」

口を塞いでいるせいで、息が苦しい。でも、離したら自分がなにを言ってしまうか予想もできない。

指先までズキズキするくらい、猛スピードで血が駆け巡っている。

「おい、手……外せ」

「あっ……コホッ」

息苦しさに目の前がチカチカし始めたところで、手首を摑んで口元から引き離される。

どっと流れ込んできた空気にケホケホ噎せているミズキに、氷高はほんの少し苦笑いを浮かべた。

「こんなに慣れてないのに……な。なーんで、あの時の俺は、あんなバカな思い込みで突っ走ったんだか。いろいろ、目が眩《くら》んでたってことか」

「ん……眩《まぶ》しい？」

「違う。なんでもない。……続き、するぞ」

「ア……っ、ん」

ポツリと口にした氷高が、再びミズキの身体に舌を這わせる。

心臓が壊れるのではないかと怖くなるくらい、ドキドキしている。身体が、燃えそうに熱くて……どうすればいいのかわからない。

「怖いか？」

「う、ううん。怖いのは、悠一さんじゃなくて僕……。どうなるのか、わかんな……っ」

このまま氷高に触られ続けたら、どうなってしまうのだろう。この前みたいに、頭の中が真っ白になる？

氷高ではなく、自分のことが怖い。

「これでも、怖くないか？」

「ぁ……、なっ……に？」

これまでより大きく膝を左右に押し開かれ、身体の内側になにかが潜り込んできて……ビクッと腰を震わせた。

目を見開いて身体を強張らせるミズキの目元に、氷高がそっと唇を押しつける。

「まだ、指だけだ。少しずつするつもりだけど、痛い思いさせたらごめんな。おまえが泣いても、止めてやれるかどうかわかんねぇ」

「指……悠一さん、の？　それなら……怖くない」

正体がわからないモノだと怖いけれど、氷高の指なら平気だ。そう答えて、身体の強張りを解く。

こうしてミズキに触っているのが氷高だということが確かなら、なにも怖くない。

「おまえ、なぁ。っとに……負けるよ」

「ん？」

「独り言だ。そのまま……力、抜いてろよ」

「は、い」

小さくうなずくと、指がそっと抜き差しされる。

違和感が薄れてきた？　と安堵した頃を見計らったように指の数が増やされ、また異物感が強くなる。

それでも、氷高の指だとわかっているから……大丈夫。

ミズキが全身の力を抜いて、ゆらゆら浮いているような感覚に漂っていると、すっかり馴《な》染《じ》んでいた氷高の指が引き抜かれた。

薄っすら瞼を開くと、氷高は少しだけ苦しそうな……これまでミズキが見たことのない、潤んだ目でジッと見下ろしていた。

ミズキの目元にかかる前髪を搔き上げ、真っ直ぐ視線を絡ませて口を開く。

「引っ掻いても、咬みついても……いいからな」

「え……っぁ！」

氷高のことは引っ掻かないし、絶対に咬みついたりもしない。

そう言い返すことは、できなかった。これまでの指とは全然違う、とてつもない熱の塊が身体の奥に突き入れられて……。

「っひ、ぁ……ッ、ぅ……ン」

なに？　熱くて、大きくて……身体がバラバラになるみたいに、苦しい。

声も出せず、身動きもできない。恐慌状態に陥ったミズキは、ただひたすら身体を硬直させて白く霞む天井を見上げた。

「ッ……こら、奥歯を嚙むなっ。息、吐いて……力を抜いてろ。ミズキ……聞こえるか？　ミズキ！」

低い声……ゆーいちの、大好きな声が名前を呼んでいる。

どれほど混乱していても、ミズキの耳には届く特別な声に導かれてビクンと全身を震わせた。

至近距離で目が合うと、氷高はホッとしたような微笑を浮かべた。

「ミズキ。そう……息を吐け。大丈夫だろ。手は……俺の背中だ。くっつくだけで、しばら

く無理に動かないから」

「ん……ぅ、ん」

氷高に導かれて、広い背中に両手を回す。隙間なく密着した胸元からは、激しい鼓動が伝わってきた。

ミズキの心臓の音と、氷高の心臓の音が……絡み合い、呼応しているみたいだ。

それが、身の内側にある熱の塊と同じリズムだと気がついた瞬間、ミズキは身体の奥深くから奇妙な感覚が込み上げてくるのを自覚した。

「な、……んか、変。熱い……ゆーいち」

「苦しいか？　……このあたりでやめておくか」

「ゃ、やぁ……動いた、らっ。あっ、ぁ……っっ。やめない、って言った……！」

自分がなにを言いたいのか、きちんと整理できないまま口を開く。

氷高が身動きしたら、ますます熱が上がる。それに、ミズキが嫌だと言ってもやめないと宣言していたはずではないか。

やめてほしくなくて、もっとくっつきたくて……夢中で氷高の背中にしがみついて、

「やめるの、ヤダ」

と訴えた。

一瞬だけ氷高が身体を強張らせると、耳のすぐ近くで深い息をつく。

「バカ、おまえ……っ、これ以上煽《あお》んな」

抑えた声は、どこか怒っているみたいな響きだった。

でも、ミズキを強く抱き締める腕は優しかったから……小さく「ごめんなさい」と答えて、ギュッと抱きついた。


なにがどうなったのか、よくわからないまま時間が過ぎて……夢現《ゆめうつつ》の中、氷高に身体を拭かれたことはわかる。

湯気の立つぬくぬくのタオル、気持ちよかった……。

目を閉じてベッドに手足を投げ出していると、氷高が隣に身体を横たえるのがわかった。

「ん……ぅ」

無意識に身を寄せたミズキを、長い腕の中に抱き寄せてくれる。心地いいぬくもりに包まれて、完全に夢の世界へと旅立とうとしたのに……鼻を摘《つま》まれて現実に引き止められてしまった。

「おい、寝オチする前に……一つだけ約束しろ」

「うにゃ？」

約束……？　なに？

聞き返そうにも、頭がぼんやりとしていて声が出ない。

重い瞼をなんとか持ち上げて、寝惚《ねぼ》け眼《まなこ》で氷高の顔を見るので精いっぱいだ。

「今後、あの黒い双子から『気』をもらうのは禁止だ。必要なら俺のものをやるし、他で代用できるならなんとかしろ。ともかく、あいつらからだけは、もらうな。キス……なんて、冗談じゃねーよ」

気を、炎と雷からもらってはいけない？

それだけは、なんとか理解することができた。

「わ……かりました。神様に、聞いてみます」

炎と雷がダメでも、代用できるものがきっとなにかあるはずだ。

もし、代用品がなくても……氷高が嫌なら、目を瞑って「ごめんなさい」と唱えながらネズミや虫からもらおう。

「ゆーいちさんの、ため……なら」

「……おい？　寝たか？　ッチ、俺ってこんなに心が狭かったんだな。独占欲なんてものを持ち合わせてるってことを、初めて知ったぞ。そのうち、閉じ込めて完全な家猫にしちまいそうだ」

目は開かないし、声を出すこともできない。手足も動かないけれど……氷高の声は、ミズキの耳にしっかり届いていた。

本当は、もっとたくさん人間のことを勉強して、氷高の役に立ちたいと思っている。佐川に教えてもらって診療所での手伝いもできたら、傍にいられる時間が増えるから嬉しいなぁ……と考えていて。

それも、氷高の反対を押し切ってまでしなければならないわけではない。嫌と言われたら、残念だけれど諦めよう。

心の中で、「家猫でもいいよ」と答えながら、すぐ傍にあるぬくもりに頬を寄せた。

氷高はミズキの身体をギュッと抱き寄せてくれて、これ以上ない幸せに包まれて安穏とした眠りに心身を沈めた。

《エピローグ》

「遅いんじゃないか？」

ぽつりと零して見上げた夜空は真っ暗で、新月の夜はこれほど暗いものだったかと再認識する。

頭上を仰いでいた顔を戻して嘆息したのと同時に、ぼんやりとした街灯が照らす道を、小さな獣がこちらに向かって駆けてくるのが見えた。薄茶色の小さな猫は、門の前に立っている氷高に気づいたらしく、ますますスピードを上げる。

「ゆーいちさんっ」

氷高の名前を呼びながら、ぴょんと胸元に飛び込んできた猫を、両手でしっかりと抱き留めた。

「危ねーなぁ」

「ごめんなさい。嬉しくて……つい」

耳を伏せた子猫は、見るからにしょんぼりとしていて、ついさっきまでの苛立《いらだ》ちなどあっという間に霧散する。

「ホットミルク、飲むか？　昼間はまだ暑いけど、この時間になればだいぶん涼しくなってきたなぁ」

「……はい」

ミズキを肩にしがみつかせて、背中をポンと軽く叩く。夜風に吹かれた庭の紅葉《もみじ》の葉がチラリと舞い落ちて、ミズキの頭に乗った。

「にぁ？　な、なにっ？」

「ただの葉っぱだ。そろそろ、先生に秋バージョンのポストカードを送るか。おまえも一緒に映っておけ」

真っ赤な紅葉と、薄茶色の子猫はきっと画《え》になる。草花はもちろん、動物も好きな恩師は、目を細めて喜んでくれるはずだ。

「ん？　おまえなんか、毛艶がいいな。サラサラのふわふわだ」

数時間前、神様のところに行く……と神社へ出かけた時と、手触りが違うような気がする。

まさか、神様がシャンプーを施したわけではないだろう。

ミズキの身体を撫でながら首を捻っていると、肩のところから答えが返ってきた。

「あ、神様から『気』をもらいました。お神酒《みき》を、一口だけ。半妖怪だった頃は、もっとたくさんエネルギーの補充をしなくちゃエネルギー不足になるし、人の姿も保てなかったけど……今の僕は自力で自在に変化もできる完全妖怪なので、時々ちょっとだけ神様のお神酒をもらうので充分みたいです」

「へぇ……そいつはなにより。じゃあ、もうあいつらと接触しなくていいってことか」

「あいつら？　炎と雷？」

「名前なんか知らん」

あの、黒い双子の狛犬だかチャラい男だかに、腹立たしくも昏を経由して『気』とやらをもらわなくてもよくなった、ということはめでたい。

ミズキが、「炎と雷」などと親しげに呼ぶ黒いヤツらを思い浮かべると、苦いものが込み上げてくる。ミズキに対して馴れ馴れしいヤツらにも、そんな彼らとミズキの仲を邪推した挙げ句、衝動的な愚行に出た自分にも……腹立たしい。

「そういえば、炎と雷が悠一さんにイジメられてないか……って、何回も聞いてきました。僕が、そんなの全然ないよ、優しいんだからって言っても、ムッとしてて……今度、遊びに来るみたいです」

……鈍感め。しがみついている氷高の肩の筋肉が強張っていることに、気づいていないのか。

ミズキに顔を見られない体勢なのをいいことに、氷高はクッキリ眉間に皺を刻んで玄関の扉を開けた。

「来なくて……いや、いつでもいいぞ。俺がどれだけミズキを可愛がっているか、しっかり見てもらおう。だからおまえも、遠慮なく俺にたっぷり甘えて見せて、あいつらを安心させてやればいい」

神社で顔を合わせた時、あの黒い双子はミズキを抱き締めた自分を恐ろしい形相《ぎょうそう》で睨みつけてきたのだ。

話を聞く限りずいぶんとミズキを可愛がって面倒を見ていたようなので、自分たちより氷高の手を取ったことが気に入らなかったに違いない。

それでも割り込もうとせず我慢して見守ったのは、ミズキが自分の腕の中で「幸せ」と泣きながら笑っていたせいだろう。

手のかかる可愛い弟を手放した……というより、俗にいう花嫁の父親に近い心境か。

いろいろとミズキの面倒を見てくれていたのは事実のようだし、彼らに感謝していないわけではない。

でも、敵愾心たっぷりに睨みつけてくるヤツらは気に食わないし、なによりも『気の補充』に要した行為が未だに不愉快だ。アレを表す単語を思い浮かべるのさえ、気に障《さわ》る。あれほど密着して、長々と唇を合わせる必要などなかったのではないか。

心が狭いという自覚はあるから、ミズキのことは二度と責めないと決めている……が、あいつらへの八つ当たりは抑えられそうにない。

……ミズキが自分に心を許して甘えているところを、たっぷり見せつけてやれ。

そんな大人げない氷高の目論見《もくろみ》など疑うことすらないミズキは、友人を家に招くことが嬉しいのか、ゆらりと長い尻尾を揺らして答えた。

「そうですね。じゃあ、次に逢った時に誘っておきます」

ミズキが手放しで自分に甘える場面を目の当たりにしたら、あの黒いヤツらがどれほど悔しがるか……想像するだけで小気味いい。

クククッとかすかに肩を揺らして唇の端を吊り上げた自分は、とてつもなくみっともない表情になっているはずだが……幸いにも、見る人はいない。

「ミルクを用意してくる。猫皿じゃなくて、マグカップでいいんだよな？」

「あっっ、ごめんなさい。抱っこされるのが気持ちよかったから、つい。はい。人の姿になって待ってます！」

慌てたように氷高の腕の中から飛び降りたミズキは、トトトッと軽い足音を立てて居間に走り込む。

薄茶色の毛に覆われた尻と尻尾が見えなくなってから、ふっと笑みを浮かべた。

「猫でなくても、抱いてやるけどなぁ？」

居間の襖《ふすま》は開いているから、ミズキの耳にも届いたはずだ。

きっと、そわそわしながら氷高が来るのを待つのだろう……と容易に想像がついて、笑みを深くした。

マグカップのミルクを飲み干したミズキが、チラリとこちらに目を向けてくる。

氷高が気づかないふりをしてテレビを見ていると、ほんの少し身体を寄せて肩をくっつけてきた。

手を伸ばして抱き寄せそうになるのをなんとか耐えて、テレビ画面を見続けていると……遠慮がちにシャツの裾《すそ》を摑み、身体の側面をピッタリ添わせてくる。

ベースが猫のせいか、ミズキは人の姿をしていても自分より体温が高い。そのせいで、身体の左側が熱くて……そ知らぬ顔を続けられなくなった。

「あ……っ」

不意打ちで腕を回して強く肩を抱き寄せると、驚きに目を見開いて見上げてくる。

その表情が可愛くて、唇を綻ばせてしまった。

「くすぐってぇし、暑い。遠慮せずに甘えればいいだろ」

「悠一さん、テレビ見てたから……邪魔したらいけないと思って」

「オマエは本当に、猫らしくないなぁ。猫ってやつは、たいていもっと気ままで自分勝手なんじゃないか？　診療所に来る猫好きの人は、そんなところが猫の魅力なんだって言ってたけどな」

猫姿のミズキを目撃されたことで、氷高の家には、偶然にも同名の『子猫のミズキ』と『ハウスキーパーのミズキ』が同居していると思われている。

そんな猫好きの一人にせがまれて、仕方なくスマホで撮影した猫ミズキを見せると、診察そっちのけで猫談義を始めてしまったのだ。

曰く、プライドが高くて、人間が手を伸ばすと「気安く触らないで」という顔をする。そのくせ、自分が触ってほしい時には「触ってもよくてよ？」という上から目線な態度で要求してくる。

なにか作業をしていても、お構いなしに膝に乗り上がってきたり広げた新聞の上で丸くなったりする。

それらを聞くにつれ、ミズキは違うなぁ……と不思議な気分になっていたのだが、当のミズキは氷高の言葉に肩を落としてしまった。

「僕は、普通の猫じゃないから……。悠一さんに拾われるまでは、ほとんどずっと野良《のら》だったし、神様には冬眠状態で引き籠っていたとか言われましたし……人間は不細工な猫って言ってて、普通の猫には気味が悪いって言われて……やっぱりどこか変ですか？」

自分の手足を見下ろしたミズキは、不安そうに瞳を揺らしている。

どうもミズキのコンプレックスは、端《はた》から見ている氷高の想像より根が深いようだ。

氷高が聞いた話はきっとごく一部で、色んな辛《つら》い思いをしてきたのだとは思うが……あまり卑屈になられると、だんだん腹が立ってくる。

更に意地悪なことをして泣かせてやりたい衝動に襲われたけれど、なんとか呑み込んだ。黒い双子が思い浮かび、ヤツらに「ほら見ろ。イジメられてる」と見下されないが為《ため》だ。

「すぐに凹《へこ》むなバカモノ。変なやつに、こんなふうに触って可愛がりたくなるのは……俺も変ってことか？」

髪を撫で、耳の後ろを指先で軽く引っ掻く。猫の時も人間になっても気持ちいいポイントなのか、ミズキはビクッと肩を震わせてうつむけていた顔を上げた。

「違うっ！　違います。悠一さんは、変なんかじゃない。テレビの人たちよりずっとオトコマエだし、優しくて……あったかくて、大好き」

「ちょっと褒めすぎって気もするが、まぁ……いいか。じゃあ、そんな俺に愛されてるおまえ自身を、もうちょっと可愛がってやれ。じゃないと、可愛がり方が足りないのかと俺が落ち込むだろ」

「は、はい」

素直にうなずいたミズキの髪を「いい子だな」と撫で回す。

他の人間に触られるのは今でも苦手だというミズキだが、氷高の手には心地よさそうに目を閉じて身体を預けてきた。

猫のミズキに、ずいぶんと人懐っこいヤツだ……と思っていたけれど、そうではないと
……自分だけ特別なのだと知った時、なんとも形容しがたい面映《おもは》ゆい気分になった。

あなただけだと恩着せがましい女たちには辟易《へきえき》としていたのに、計算など知らない無垢な動物の目そのものの、ミズキの眼差しには負けっぱなしだ。

「つーか、俺も変ってより……人として問題ありだとは思うけどなぁ」

「え？　悠一さんのどこがっ？」

きょとんとした顔で見上げてくるミズキと視線を絡ませて、「うーん……」と苦笑する。

ミズキは可愛い。

本人は不細工と自嘲《じちょう》するが、猫だった時も氷高から見れば充分に可愛かった。人間のミズキは、弟と変わらない年頃の少年で……こうして密着していると、猫に向けるのとは全く種類の違う愛しさが込み上げてくる。

「こういうところが……だ。人外で、オスで、ガキで……なのに、その気になる俺は世間さまから見ればかなりアレだろ」

変態とか、異常者とか、さすがに口に出す気にはなれなくてため息で誤魔化す。

ミズキの瞳が不安そうに揺れていて、苦笑を滲ませた。

「世間にどう思われようが、おまえを傍に置くのに後悔は一つもないし……ミズキが嫌じゃないなら、もっと触り倒してやりたいけどな」

言葉の終わりと共にミズキの身体を抱き寄せている左手を動かし、脇腹のところから長袖《ながそで》の薄いTシャツの中に手を入れて、素肌を撫でる。ピクッと身体を震わせたミズキは、氷高の背中に右手を回してシャツを握り締めた。

「ん……んっ、もっと触ってほしい……です。悠一さんの手、好き……」

「泣かされても好きか？」

「ぁ、好……き。悠一さんなら、なんでも……スキ」

少しばかりたどたどしい響きの「スキ」が可愛くて、なんとか捕まえていた理性の端を手放す。

これほど一途に、見返りなど求めないとばかりに真っ直ぐ『好きだ』と想いを寄せられたら、堪らない気分になる。

世間一般の『常識』だとか、どこかの見も知らないヤツが口にする『普通』に囚《とら》われて、愛しい存在を悲しませるなんてバカだ。誰がどう言おうと、自分がミズキを傍に置こうと決めたのだから。

「俺は、おまえに……悪いコトばかり教えてるなぁ」

ミズキの着ているTシャツを脱がせて、向かい合わせに自分の膝に抱き上げながら苦笑を浮かべた。

氷高の肩に手をかけたミズキは、不思議そうに小首を傾げる。

「悪い？　なにも悪くないと思いますけど」

「んー……まぁ、そういうことにしてもらおう」

ミズキの髪を両手で撫で回して、その延長のように頭を引き寄せる。唇を重ね、小さな舌先をチラリと舐めると、ミズキの身体がピクリと震えた。

「ッ、ン……ぁ」

氷高の首に腕を回したミズキは、子猫がミルクを舐めるように舌を伸ばして口づけに応えてくる。

色っぽい空気が漂う……より、やはりなんとなく『悪いコト』をしているような気になるのは、ミズキの舌にほんのりとミルクの味が残っているせいだろうか。

「ゆーいち？」

氷高が口づけを解いたせいか、ミズキは少し不安そうに目を瞬かせる。

安心させたくて背中を抱き寄せると、腹のところに硬い感触が当たった。

「なんでもない。……ミズキ、もう硬い。そこ、どうするか……教えてやったよな？」

あの双子もそのあたりはノータッチだったらしく、真《ま》っ新《さら》な状態だったミズキに十七、八の少年なら当然知っていることを教えてやったのは氷高だ。

戸惑いと恥じらいに半泣きになりながら、自らの手で昂《たかぶ》らせて白濁を弾《はじ》けさせるミズキを前にして、これまでにない高揚を感じてしまった。ミズキとは違う意味で呆然として、うっかりミズキの指を濡らす白濁を舐め……「そんなの舐めたら死んじゃう」と、泣かせてしまった。

あの一幕を思い出したのか、ミズキは頬を紅潮させてうつむく。

「う、うん……」

「復習だ。して見せて?」

「あ……」

氷高の言葉に、嫌とは言えないだろう。

そうわかっていて、ミズキの手を握ると下腹部に導いた。しばらく躊躇っていたミズキは、意を決したようにハーフパンツの中に手を入れてもぞもぞ動かす。

「ッ、ん……ン、ぁ」

「それじゃ見えねーよ。脱がせてやるから、尻を浮かせろ。ほら、足……一つずつ抜いて」

「っ、ふ……ぅ～……」

耳まで真っ赤に染めたミズキは、泣きそうな顔をしながらも氷高の言葉に従う。隠すものがなにもない状態にして、剝き出しの尻を軽く叩いた。

「続きは?　やめるか?」

「……する」

ミズキは消え入りそうな声でポツリとつぶやき、たどたどしく両手の動きを再開させた。

うるうるの目をして、今にも泣きそうなくせに、氷高が見せろと言ったから必死に応えようとしている。

「ッ、ぅ……ん、んっ。い……っ」

「ヘタクソ。そんなふうにしたら、痛いだろ。手伝ってやるから泣くな」

「ァ、あ……！」

右手を伸ばして加勢すると、ミズキは大きく身体を震わせて肩口に凭《もた》れかかってきた。

うなじをくすぐる吐息が、くすぐったい。無意識にだろうが、首筋に軽く嚙みつかれるとミズキの熱が伝染したように自分の身体も熱を上げる。

首元をくすぐるのは、熱っぽい吐息だけでなく……やわらかな毛の感触？

「おい、理性の蓋がズレてるぞ。耳と尻尾くらいはいいが……猫になるなよ」

「ん、ん……ガンバります」

薄茶色の毛に覆われた大きな耳を甘嚙みし、人間では持ち得ない尻尾を軽く摑んで引っ張ると、ミズキは「ごめんなさい」と小声で零して耳を震わせる。

この状態のミズキを前にして、「まぁ、可愛いからいいか」としか感じない、その気を殺がれない自分が……やはり一番、問題ありかもしれない。

□□□

「おーい、日曜だからって、まだ寝てんのかよ。もう昼……ぅおわっっ！」

廊下を歩く音に続いて、自室の襖を開け放たれる。聞き覚えのある弟の声に、

「ウルセーぞ、浩二」

と文句を返しつつ、のそりとベッドから身体を起こした。

なんで、コイツがここにいる？　昨日、玄関の鍵をかけた記憶が……ないかもしれない。

「休日に何時まで寝ようが、俺の勝手だ」

廊下との境に立っている浩二の目は、唸るような声で文句を口にする氷高を素通りしている。氷高の背後を凝視したまま、右手で指差しつつ口を開いた。

「……兄ちゃん、ソレ……なに？」

「ああ？　あ……見るなバカ。居間に行ってろ」

同じベッドにいるミズキは、傍でこれだけ騒いでもスヤスヤ眠っている。

既に手遅れだと思うが、すっぽりと肌掛け布団《ふとん》を被《かぶ》せて浩二の目から隠すと、脱ぎ捨てていたシャツを拾い上げた。

「……うん」

唖然とした顔の浩二は、いつになく素直にうなずいて踵《きびす》を返した。

シャツに袖を通し、スウェットのズボンを穿《は》いて……まだ眠っているミズキを見下ろす。

「しまった。俺の傍で気を抜くのはいいけどなぁ……」

まさか浩二が乱入してくるとは思わなかったので、コレは不慮の事故だ。

さて、どう言い訳するか……と髪を掻きながら居間に入る。一歩足を踏み入れたところで立ち止まると、座布団に座っていた浩二がジロッと目を向けてきた。

「あのさ、アレ……ハウスキーパーじゃなかったのか？」

「あー……まぁ、そうだな。嫁の条件からはことごとく外れているが、そういうことだ」

適当な言葉で誤魔化そうとする氷高に、浩二は半信半疑という顔で質問を重ねる。

「嫁……って、それより猫みたいな耳と尻尾……ついてなかったかっ？」

「似合うだろ。可愛いぞ。俺がベッドでどんなプレイを楽しもうが、オマエに口出しされる筋合いはねーよ」

「ッ……特殊な趣味はないって、言ったくせに」

氷高の言葉の真意を探ろうとしてか、ジッとこちらを見上げながら話を続ける。

浩二のいたあの位置からだと、きっとハッキリと見えたわけではない。猫耳と尻尾の半分くらいが、視界に入った程度だ。

それなら……。

「アニマルプレイくらい、特殊ってほどじゃないだろうが。特殊っていうのは、特注の拘束具で雁字搦《がんじがら》めにしたり複数プレイでくんずほぐれつ入り乱れてみたり、道具を突っ込んだまま満員電車に放り込んで」

「もういいっ。健全な青少年に、汚れきった大人の知識をぶっ込むなよ」

「誰が健全な青少年だ。どうせ、ネットでもっとえげつないモノを拾って、仲間内でワイワイ楽しんでるくせに」

「なんでそんなの知ってんだ。エスパーかよっ」

「ほーら、当たり。ってわけで、俺らのことは気にするな。ミズキに余計なコトを言って泣かせたら、俺……より怖いモノが祟るぞ」

「ううう……ワケわかんないけど、なんか嫌だ」

「だろ？　新婚家庭の休日を邪魔するな。帰れ」

シッシッと手の甲を向けて振ってやると、唖然とした顔で言い返してくる。

「ゆ、悠一兄ちゃんが、俺の知ってる兄ちゃんじゃなくなった。そんな甘ったるい顔で、新婚家庭って……ありえ得ねぇ」

「ハイハイ、あり得ねーな。まるで宇宙人だ。怖いから帰れ」

「わかったよっ。帰ればいいんだろ」

氷高の策略にまんまと乗せられたことは、きっとわかっていない。浩二は、自棄《やけ》になったように「帰るっ！」と言い放ち、座っていた座布団から立ち上がった。

氷高の脇を抜けて廊下に出ようとした浩二を、念のため……と呼び止める。

「あ、浩二。ミズキのことは他言無用だからな。お袋に余計なコト言うなよ」

「なにをどう言えって？　言えねーよっ。バーカ！　エロオヤジ！」

それ以外に思いつかなかったのか、とてつもなく子供じみた捨て台詞を残して居間を出て行く。

数秒後、勢いよく玄関扉の開閉する音が聞こえてきた。

「くそ、地味にダメージ食らったぞ」

シンプルな捨て台詞だったけれど、的外れではないあたりが厳しい。グサリと言葉が刺さった胸元を押さえて、はぁ……と深く吐息をついた。

でも、どうやら、誤魔化せた……か？　浩二が単純な性格でよかった。

「さてと、童話のセオリー通りにキスで目を覚ますかねぇ。アレのせいで慌てさせられたんだから、尻尾をイタズラするのでもいいか」

無事に嵐も去ったことだし、きっとまだ安穏とした眠りに漂っているだろうミズキを、どんな手で起こしてやろうか……と、ほくそ笑みながら寝室に戻った。

新婚家庭の休日は、これからだ。

あとがき

こんにちは、または初めまして。真崎ひかると申します。この度は、『猫じゃダメですか？』をお手に取ってくださり、ありがとうございました！

このところ、耳や尻尾くらいでは「イロモノです」と言えなくなってきたような気がします……。所々、力技で「えいやっ！」と広げた風呂敷を畳んだ感はありますが、ちょっぴりでも楽しんでいただけると幸いです。

とってもキュートなイラストをくださった、のあ子先生。ありがとうございました！　化け猫バージョンのミズキも、人型も、すごく可愛かったです。自分でも認めていた、アレな人（笑）の氷高も格好よくて、変態呼ばわりして悪かった……と思ってしまいました。

今回も、とてつもなくお世話になりました、担当Hさま。やればできる子！（かもしれない）と唱えつつ、頑張ります。今後ともよろしくお願い申し上げます。

ここまでおつき合いくださり、ありがとうございました。一ヶ所でも、クスリと笑っていただけるところがありましたら本望です。

では、バタバタと失礼します。またどこかでお逢いできますように！

二〇一五年　　そろそろ霜焼ける季節です　　真崎ひかる

✦初出　猫じゃダメですか？……………書き下ろし

真崎ひかる先生、のあ子先生へのお便り、本作品に関するご意見、ご感想などは
〒151-0051 東京都渋谷区千駄ヶ谷 4-9-7
幻冬舎コミックス　ルチル文庫「猫じゃダメですか？」係まで。

幻冬舎ルチル文庫

猫じゃダメですか？

2015年11月20日　　第1刷発行

✦著者	真崎ひかる　まさき ひかる
✦発行人	石原正康
✦発行元	株式会社 幻冬舎コミックス 〒151-0051 東京都渋谷区千駄ヶ谷 4-9-7 電話 03(5411)6431[編集]
✦発売元	株式会社 幻冬舎 〒151-0051 東京都渋谷区千駄ヶ谷 4-9-7 電話 03(5411)6222[営業] 振替 00120-8-767643
✦印刷・製本所	中央精版印刷株式会社

✦検印廃止

ISBN978-4-344-83576-4　C0193　Printed in Japan